Confesiones privadas | 38

La principal

FULGENCIO PIMENTEL

Otros títulos de la colección:

8. WILLIAM CARLOS WILLIAMS *Los relatos de médicos*
9. ANDRÉI PLATÓNOV *Dzhan*
10. CHICHO S. FERLOSIO *et al.* *El cantar tiene sentido*
11. ION NEGOIȚESCU *Cuartel de los dragones*
12. JAIME DE ARMIÑÁN *Juncal*
13. GUEORGUI GOSPODÍNOV *Física de la tristeza*
14. SERGUÉI DOVLÁTOV *La maleta*
15. MARÍA BASTARÓS *Hª de E. contada a las niñas*
16. MICHAEL CAINE *La gran vida*
17. UNDINĖ RADZEVIČIŪTĖ *Peces y dragones*
18. SERGUÉI DOVLÁTOV *Los nuestros*
19. EDUARD LIMÓNOV *El libro de las aguas*
20. GUSTAVO BUENO *Conversaciones*
21. GUEORGUI GOSPODÍNOV *Novela natural*
22. PHILIPPE DJIAN *Los incidentes*
23. EDUARD LIMÓNOV *El hombre sin amor*
24. ROQUE LARRAQUY *La telepatía nacional*
25. INGMAR BERGMAN *La buena voluntad*
26. ANDRÉ LORANT *El loro de Budapest*
27. SERGUÉI DOVLÁTOV *Filial*
28. INGMAR BERGMAN *Niños de domingo*
29. CHOTARO KAWASAKI *El barrio del incienso*
30. EZEQUIEL ZAIDENWERG *50 Estados*
31 ALEJANDRO MORELLÓN *El peor escenario posible*
32. GUEORGUI GOSPODÍNOV *Las tempestálidas*
33. JAIME DE ARMIÑÁN *Los amantes encuadernados*
34. ROQUE LARRAQUY *La comemadre*
35. MARCELO DONADELLO *Chéljelon*
36. CHOTARO KAWASAKI *Árbol desnudo*
37. RUBÉN LARDÍN *Las ocasiones*

Confesiones privadas

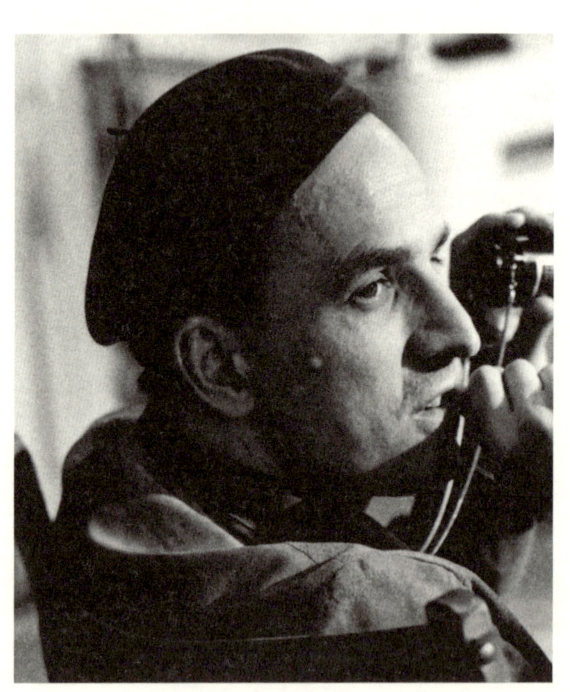

Ingmar Bergman

Confesiones privadas

TRADUCCIÓN DE MARINA TORRES

ILUSTRACIONES DE MANUEL MARSOL

FULGENCIO PIMENTEL
La principal

Primera confesión
(julio de 1925)

Es el último domingo del mes de julio de 1925, una tarde soleada y calurosa en Estocolmo. En la torre que se alza sobre la cúpula de la iglesia, el reloj da las tres y media. Las calles están desiertas. Un tranvía sube trabajosamente la cuesta por la parte izquierda del cementerio, la que limita con la amplia plaza que alberga el mercado y el teatro. En la parada se apea una mujer y se queda allí de pie.

Anna.

Viste un traje de color beis con la falda hasta el tobillo, en un tono más oscuro, botines de tacón alto y un sencillo sombrero que la protege del sol. La chaqueta está desabrochada y deja ver una blusa blanca de encaje con cuello alto. No lleva ninguna joya, a excepción de las alianzas y unos pequeños pendientes de brillantes. Aprieta el bolso de piel clara sobre el pecho. Los guantes están descuidadamente metidos en los bolsillos de la chaqueta.

Se quita el sombrero y lo sostiene en la mano izquierda. Lleva el espeso cabello oscuro peinado con raya al medio y recogido en un moño bajo que ha empezado a deshacerse. Los ojos son castaños, oscuros bajo las acentuadas cejas y la estrecha frente despejada. La boca es grande, los labios amables, generosos.

Anna.

Desde hace doce años está casada con Henrik, que es coadjutor de la iglesia de majestuosa cúpula cuyo reloj acaba de dar las tres y media. Tiene treinta y seis años cumplidos y tres hijos: dos chicos y una niña.

Mira a su alrededor y decide tomar el camino del cementerio, tal vez sentarse un rato en alguno de los bancos verdes de allí dentro, a la sombra aromática de los tilos, y respirar algo de frescor.

Se mueve, como de costumbre, con rapidez y decisión, con la cabeza ligeramente inclinada hacia delante; echa una rápida mirada de control hacia un lado. Vacío y silencioso, ni un alma.

Por eso se queda espantada cuando alguien grita su nombre, se sonroja intensamente y mira.

Tío Jacob.

Está sentado en un banco cerca del muro del cementerio, en lo profundo de la sombra de los árboles. Hace gestos con su gran mano invitándola a que se acerque, buenas tardes, buenas tardes, querida Anna, ven y siéntate un momento, no tengas tanta prisa. Anda, ven.

Tío Jacob es un hombre muy alto, de pelo canoso algo rebelde, barba gris bien cuidada y bigote. Frente alta, rostro grande, pesado, ojos grises, nariz considerable y boca ancha de comisuras suaves. Las manos son, como se ha dicho, grandes y bien formadas, con venas marcadas y algunas manchas irregulares de vejez. La voz es grave, con un leve acento, me parece recordar que de la región de Småland. Va vestido con su uniforme de sacerdote. El ligero abrigo de verano gris y el sombrero de alas anchas descansan en el banco. Jacob tiene sesenta y cuatro años y es el pastor de la parroquia desde hace veinte. Por lo tanto, es el jefe de Henrik. Anna recibe en la mejilla el golpecito que le da la poderosa mano, hace una pequeña reverencia y sonríe con vacilación, tratando de dominar la irreprimible sensación de haber sido sorprendida.

Porque está claro que ha sido sorprendida.

Jacob la invita a sentarse a su lado. Intercambian rápidas informaciones y se interesan por el estado de salud de sus respectivas familias. Jacob ha dejado el campo para asistir a un entierro. Además, tiene oficio vespertino a las seis, ha prometido asistir a la comunión. El lunes se reunirá con María, que está estupendamente después de haberse recuperado de un largo catarro, se irá a la casita de la isla, todavía le quedan unos días de vacaciones. A propósito, qué verano. Aunque ha llovido muy poco, especialmente allí, en la costa.

¿Y Anna?

Bien, los niños están en Dalecarlia, con la abuela. El médico había aconsejado aires de montaña tras las infecciones de la primavera. Pero irán a la casa de verano en el archipiélago la segunda semana de agosto. Los tres están sanos y se encuentran bien. Henrik ha ido a un seminario.

Sí, Jacob ya sabe, un seminario ecuménico en la Fundación Sigtuna. Henrik está bien; la primavera nos resultó difícil a todos por esa infección tan persistente. Ya no padece insomnio, se siente muy bien junto al mar. Por lo que a Anna se refiere, echa de menos a los niños, pero no quiere dejar solo a Henrik, él necesita que esté a su lado. ¿Y qué hace Anna en Estocolmo?, pregunta Jacob de repente, y ella se sonroja, pero sonríe al mismo tiempo. He ido a la peluquería. Es una locura secreta, como comprenderá usted, tío Jacob. Y ayer estuve cenando con los Hasselrsoth, buena gente, amigos míos. Nunca consigo que venga Henrik conmigo, en realidad no sé por qué. Pero probablemente sea porque son mis propios amigos, solo míos. Mañana iré a Dalecarlia para pasar unos días con mamá y los niños. Henrik estará solo una semana, pero la vieja Alma se quedará allí ocupándose de él y seguro que todo irá bien. Es que quiero estar un poco con Ma, ¿comprende, tío Jacob? Está tan sola después de la muerte de Ernst… Y yo…

Anna vuelve la cabeza hacia otro lado y se frota los párpados con la mano, como impaciente: no puedo hacerme a la idea de que mi hermano muriera así, de repente y de manera tan terrible. Y mamá lo adoraba. Yo creo que nunca ha querido a ninguna otra persona.

Esconde la cara entre las manos. Jacob está quieto y escucha con atención; vuelve la cara hacia ella y la observa. Ella retira las manos inmediatamente: Es que son tantas cosas, es un lío tremendo. Perdóneme, tío Jacob, yo no soy de las que lloran. Pero es que son tantas cosas…

Se serena y se suena en un gran pañuelo: Tengo que irme a casa. Es posible que Henrik llame a las cuatro. Se preocupa enseguida si no contesto. Tío Jacob, si quiere venir conmigo, le ofrezco una taza de café y algo para comer. Él asiente y le da unas palmadas a Anna en el brazo. Bueno. Mucho mejor que una cena temprana antes del servicio vespertino. De acuerdo, vamos.

La vivienda de Anna y Henrik ocupa la segunda planta de la residencia pastoral, una casa que da al humeante verdor del cementerio y a una estrecha calle transversal. En su interior, todo está envuelto, empaquetado y cubierto. Las ventanas están entreabiertas y dejan pasar un suave frescor. La araña de cristal está envuelta en tarlatana, el extenso suelo de parqué está desnudo, muebles y objetos se esconden bajo paños blancos y amarillentos. Pero el reloj de caja funciona, marca las cuatro menos unos minutos.

Anna ha destapado el sofá de terciopelo azul e instalado en él al tío Jacob. Cerca de sus rodillas hay una elegante mesita con la bandeja del té y emparedados de queso, embutido y carne en salazón. Ella se sienta en una butaca junto a la mesa redonda de mármol. En la pared que queda a su espalda cuelga un cuadro de marco dorado que representa a la Virgen María con el niño. Un José envejecido expresa asombro contenido. Unos pastores y unos ángeles se adivinan al fondo. También el cuadro está cubierto de tarlatana.

La conversación, que fluía suavemente, se ha interrumpido. Anna ha vuelto la cara hacia la ventana, su mano se desliza una y otra vez por el mármol de la mesa. Jacob come emparedados y deja que el silencio se mantenga. ¿Te importa, Anna, si fumo?, pregunta como en un paréntesis sacando la pipa y la petaca. Ella sonríe con rapidez, pero se pone seria enseguida.

El gesto de la mano.

—¿Tiene tiempo, tío Jacob?

—A las cinco y media tengo el servicio de la tarde. Salvo eso…

—¿Y después?

—Toda la noche. Todo el tiempo que quieras.

Silencio.

—Quizá no haga bien, no sé.

—Te preparé y te di la primera comunión y soy tu director espiritual. Puedes decirme lo que quieras. O debas.

—Bueno, pues que así sea.

Jacob se inclina hacia delante y enciende la pipa con parsimonia y cuidado. Anna se vuelve hacia él. Parece como si fueran a estallarle los ojos. Da un largo suspiro. Contempla sus manos, que descansan en los brazos de la butaca.

—Soy una esposa infiel.

»Vivo con otro hombre.

»Engaño a Henrik.

»Estoy angustiada.

»No tengo remordimientos o cosas así.

»Sería ridículo.

»Pero sí angustia.

»Ya no sé qué hacer.

»Otro hombre.

»Es diez… no, once años más joven que yo.

»Estudia teología. Va a ser sacerdote.

»Yo debería dejarlo. Incluso por su bien.

»Pero no puedo.

»Desde hace más de un año.

»Usted lo conoce, tío Jacob.

»Es Tomas.

»Y luego están los niños.

»Y Henrik.

»Siento que me voy a ahogar de un momento a otro.

Jacob asiente con la cabeza. Ella se atreve por tanto a continuar.

—Mamá estaba en contra de mi matrimonio con Henrik. Cuando al final nos casamos cambió de actitud y decidió ayudarnos en todo lo posible. No duró más que dos años. Dos años.

Calla y sonríe con tristeza. Jacob no dice nada.

—Sí, duró dos años. Luego comprendí, claro, que mi madre tenía razón. No estábamos en absoluto hechos el uno para el otro. Nos llevábamos muy mal. Henrik me rodeaba por todos lados con todas sus susceptibilidades. Yo tenía que ser su madre y él podría al fin ser el hijo. Mi hijo. Mi *único* hijo. Tenía que saber siempre dónde estaba, tenía que saber qué estaba pensando. Era como una cárcel, una cárcel emocional. No puedo describirlo de otra manera.

Anna se levanta y anda con pasos firmes y tacones altos por el parqué, que cruje. Aprieta los puños, cerrados a la espalda. Ahora es importante no entregarse a las lágrimas. Ahora tiene que decir las cosas como son. No, no como son, de eso no sabe nada. Dirá lo que a ella le parece, dirá lo que posiblemente piensa ella que son. Esta historia misteriosa que se ha cernido sobre su nítida realidad y que la amenaza de muerte. (¿Tanto? Será una exageración, ¿no? Probablemente no. Llegará el día en que el dolor, como un agua contenida y venenosa, romperá los diques e inundará su cuerpo. Atacará sus nervios, su cerebro, su corazón y sus entrañas. La sumirá en prolongadas torturas, causará en su cuerpo daños incurables).

—Todo era tan inocente y engañoso... Yo le había dicho a Tomas que tenía que venir a visitarnos en verano. Usted sabe, tío, que Våroms es la casa de verano de mis padres y que está en uno de los sitios más hermosos de Dalecarlia. Henrik y yo y los niños íbamos a pasar allí el verano. Mamá pensaba estar en el archipiélago con sus hijastros. Yo le dije a Tomas que viniera para

San Juan. Henrik también iba a estar allí, y Gertrud. Luego Henrik no pudo venir, tuvo que ir a una reunión. Pensé en escribir y cancelar la visita, pero a Henrik le parecía que Tomas debía venir de todas formas. Bromeamos, dijimos que a lo mejor Tomas y Gertrud se hacían novios. Esa chica sería una buena esposa para un sacerdote. Bueno, pues Tomas llegó la víspera de San Juan. Gertrud ya estaba allí. Las sirvientas estaban de vacaciones y yo tenía a una chica del pueblo, muy buena, para ayudarme. Me sentía libre y alegre. Todo brillaba y florecía. Después de muchas lluvias había cambiado el tiempo y todos los días hacía sol. Bueno, no hago más que hablar. Yo misma me doy cuenta de que hablo de todo eso y que a usted, seguramente, le parece que no tiene importancia.

Anna está enfrente de Jacob, tiene todavía las manos a la espalda y lo mira. Las lágrimas se desbordan, de súbito y por sorpresa, pero ella está en guardia y las domina.

—Sí, todo era inocente y engañoso. Jugábamos con los niños, recogíamos fresas silvestres, comíamos jamón cocido con patatas nuevas y cuajada con galletas de jengibre. Por las noches tocábamos música y cantábamos. Gertrud tiene una voz preciosa. Y Tomas, claro. Sabe mucho de música. Otros días nos íbamos de excursión al otro lado del río, subíamos a los cobertizos de Bäsna y Grånäs. Siempre los tres juntos: Gertrud, Tomas y yo. Yo estaba tan contenta de... Estaba tan contenta de que hubiera podido… Estaba contenta, ¿comprende, tío Jacob? Me sentí arrogante porque pensé, me acuerdo de eso, estoy enamorada de ese muchacho, estoy tan enamorada que casi me parece cómico. No pienso avergonzarme de mi enamoramiento. Pero no lo manifestaré. Lo guardaré para mí sola. A veces dejaba a Tomas y a Gertrud solos, puesto que deseaba que se quisieran. Yo *quería* de verdad que se emparejaran. Después de haberme sentido tan triste, me parecía que era capaz de volar.

Anna hace un gesto rápido con el pelo y luego se sienta en el sofá al lado del pastor, le coge por un instante su gran mano con manchas de vejez, luego la devuelve a su sitio.

—Uno de los últimos días de Tomas en Våroms bajé de mi cuarto a poner la mesa para la cena. Los niños jugaban al pie del porche y Gertrud estaba sentada en la hamaca escribiendo cartas. Tomas me ayudó a poner vasos y platos. Y por un momento se quedó inmóvil en uno de los extremos de la mesa, yo estaba ante el repostero verde, sacando los platos de postre… cuando, de repente, me dice… de repente Tomas dice que me quiere, que me ha querido… bueno, él dijo «amado»… durante dos años, que no podía figurarse cómo iba a ser la vida ahora, al tener que dejarme. Dijo también que no me enfadara con él por decirme eso. Bueno, la verdad es que no sé lo que dijo. Como si hubiera dejado de escuchar. Era espantoso y parecía irreal y pensé rápidamente y con toda claridad: Ahora ya se va todo al diablo, se ha estropeado todo, ¿por qué tengo que ser tan idiota?

Jacob echa una mirada al reloj de caja y se levanta con cierta dificultad de las profundidades del sofá.

—Tengo que irme, Anna querida. Discúlpame, pero quiero llegar con tiempo a la iglesia. Si quieres, podemos seguir nuestra conversación después del servicio divino. Paso un momento por casa y me quito la ropa de oficiar y me pongo algo más cómodo. ¿Te parece a las ocho? ¿Es buena hora?

Anna le da las gracias con cierta desgana y él le palmea el brazo. Harías bien en venir a la iglesia, dice de pronto cuando ya está camino del vestíbulo. No vamos a ser muchos, una tarde de domingo como esta. Bien es verdad que no se oye lo que predica Arborelius, y tal vez sea una ventaja, pero Ehrling toca bien el órgano y el coro va a cantar dos de los motetes del viejo Morén. Así que algo habrá para el alma de todas maneras.

Se queda unos instantes pensativo y luego la mira, casi con severidad.

—Si deseas tomar la comunión, tómala. Si uno vive en un gran tormento, si se siente abrumado, si no sabe uno cómo estar consigo mismo, en ese caso puede ser bueno ir a comulgar y tener la posibilidad de reclinarse en el corazón de Dios.

—Yo no sé nada del corazón de Dios, tío Jacob.

—Ni falta que hace. Pero hay gracia en el acto mismo. Y eso tal vez alivie tu sufrimiento.

—No creo que pueda.

—Haz lo que quieras. Nos vemos, en todo caso, a las ocho.

¿Qué hará cuando se quede sola? Son las cinco y media de la tarde del domingo. Todavía hace calor. El sol arde sobre la cúpula de la iglesia. ¿Arrepentimiento? ¿Alivio? ¿Tristeza? Un vértigo, tal vez, que ni habla ni contesta. Una ansiedad febril, penetrante: Detente. ¿Qué estoy haciendo? Lo habitual se escapa y se diluye en colores centelleantes que se volatilizan y se confunden en sombras fugitivas. No puede evocar la cara de Tomas, pero a su madre la ve con claridad. Tal vez debiera llamar por teléfono a Ma, que en estos momentos estará sentada en la incómoda silla blanca, junto a la ventana con los floridos geranios y la vista del río, las praderas y las colinas medio invisibles en la calina de la tarde. Está leyendo el diario *Upsala Nya Tidning*, seguro que sí. Allí está sentada, menuda y derecha y con las gafas en la punta de la nariz. La luz del sol entra oblicua por la derecha y atraviesa el verdor de las plantas de la ventana e ilumina su piel pálida, con las arrugas de la risa alrededor de los ojos y las arrugas de la sensatez sobre el poderoso arranque de la nariz. Se ha quitado el delantal porque es domingo y el traje veraniego es de Shantung gris con anchos puños blancos y cuello de vainica. En el suelo está sentado un nieto: es Nils, que tiene cinco años y juega tranquilamente con piezas para armar y muñecos del tamaño de un dedo meñique.

¿Y si en lugar de eso tratase de hablar con Tomas? Preguntarle solo cómo se encuentra de ánimo, no contarle lo de la confesión, no forzarlo a decir nada consolador ni importante. Pero no podré dar con él. Por un lado, vive en una habitación alquilada en casa de un pariente anciano y el teléfono está colgado en la pared del vestíbulo. Por otro, habrá terminado de cenar en su cochambrosa casa de comidas con dos compañeros del grupo que se han quedado en Upsala durante el verano. Y ahora seguramente se habrá ido al jardín botánico y andará dando vueltas junto a los estanques de nenúfares, donde pesa el aroma de las rosas chinas y las aguas quietas. O tal vez esté sentado a la sombra de los olmos, leyendo alguno de los libros para sus exámenes. Piensa rápidamente en su mano, descansando sobre la página del libro, y piensa y piensa, de modo que casi se siente a su lado. Ella está con la cabeza inclinada y el dedo índice sobre los labios, como pidiendo silencio. No, no, Tomas, ahora no. Y tampoco luego, tal vez nunca. La confesión significa probablemente algo explosivo y definitivo. En cualquier caso, algo misterioso que ella no se atreve a abarcar con su imaginación. Hay breves momentos entreverados en la vida en los que entiende el sentido, el sentido exacto de su situación. En ese momento extiende la mano y coge el respaldo de una silla y por un instante tiene plena conciencia de la frialdad que emana de la blanca madera labrada.

En ese mismo instante decisivo se ve a sí misma como una imagen: la imagen representa a Anna y a Tomas.

Están desnudos y sudorosos. Ella yace de espaldas abrazada a él, le tiene la cabeza cogida con sus manos y le aprieta la frente sobre su pecho. Ella se abre, se ensancha, presiona la espalda contra la áspera colcha. La desnuda habitación está en penumbra. En la chimenea francesa arde un débil fuego y perezosos copos de nieve se dibujan contra las ramas negras del parque. El instante está más allá del miedo. El instante es tan inconcebible como la muerte. Ahora, cuando toca el respaldo labrado de la silla, comprende, con la presencia absoluta de sus sentimientos, con la nitidez de la percepción de los sentidos, la penumbra, la confusión de los cuerpos sudorosos, el aroma del humo de tabaco enfriado, la superficie rugosa de la colcha, la salvaje culminación que todavía tiembla en sus nervios. El rostro asustado y hermético del muchacho que cierra los ojos y aprieta los labios, que gime débilmente. Tomas vuelve ahora la cabeza y su mano descansa sobre el largo pelo de ella, que se desparrama sobre el almohadón sucio y rígido con su rasposa costura de vainica. En este breve ahora, su sentimiento y su juicio captan la irrevocable crueldad del encuentro amoroso. Y ahora, justo ahora, ve claramente que no se lamenta de nada. No se culpa, ni a sí misma ni a nadie, no mezcla a Dios ni a la fidelidad en su oscura confusión. Se da cuenta de que no llegará nunca más hondo en sí misma que en este instante. Ahora cae de cabeza en su recinto más profundo. Una luz violenta pone en fuga la suave penumbra. Anna gustaba de repetir que quería ver la verdad. Se imaginaba que deseaba la verdad, que la ansiaba, era como una pasión. Sería quizá como contemplar el rostro de Dios. Se complacía en declararse a sí misma apóstol de la verdad. Llegó incluso a predicar a otras personas. Con palabras como esas se ganó un respeto especial. Durante unos fugaces instantes se arrepentía de sus aplicadas amonestaciones. Murmuraba en silencio para sí misma: ¿de qué verdad estoy hablando? Y entonces sentía un poco de vergüenza (pero no mucha) sobre su fugaz intuición.

A las seis atruena el repique de las campanas sobre las calles desiertas. Anna se serena, el instante arrasador se ha desvanecido. Se vuelve hacia el interior de la habitación y suelta el respaldo de la silla. ¡Bueno, Anna!, dice en voz alta y para sí misma. No vas a llamar a mamá, ni a Tomas, pero lo que sí puedes hacer es ir a la iglesia a escuchar la música. Eso te hará bien.

Toma su bonito sombrero de verano de la repisa y se mira en el sombrío espejo del vestíbulo. Se estudia con la fría imparcialidad de una actriz. En medio de su innegable desconsuelo, eso le proporciona un breve placer. Se pone la chaqueta y se la arregla sobre los encajes de la blusa. Guantes, bolso, libro de salmos. Y en marcha. Bajar las escaleras, cruzar la calle y entrar en el camino empedrado del cementerio, pasos rápidos en dirección al oscuro portalón. Se entona el preludio del primer salmo, no hay muchas almas en los verdes bancos. La luz del sol arroja lanzas verticales a través de la enorme cúpula azul oscuro y su cielo de estrellas. El ambiente de la iglesia es frío, a diferencia del calor fragante del cementerio. Huele a sótano enmohecido, a flores marchitas y a madera vieja. Las luces del altar parpadean vacilantes bajo el alto cuadro de la cruz: el vestido de la Virgen Santísima reluce con un tono rojo oscuro en el terrible escenario. La pecadora se abraza llorando al pie de la cruz. Las nubes de la tormenta se ennegrecen detrás de una Jerusalén todavía iluminada por el sol.

Anna se postra en el banco y saluda con frialdad a la señora Arborelius, que está sentada junto al pasillo central con su hija pelirroja, muy crecida, con traje marinero y sombrero marinero sobre los rizos rebeldes.

Y el servicio religioso se desarrolla como de costumbre. El vicario Arborelius predica, su voz grave retumba en la bóveda de la iglesia y rebota contra las losas de los sepulcros del suelo.

El coro canta los motetes, ligeramente ásperos, ambos del Salterio: «Llévame por el camino de la eternidad» y «¡Acude a mí en la necesidad, te ayudaré y tú me alabarás!».

La amplia y bien equipada cocina da al patio, con sus olmos, muros transversales y trasteros. Una cortina de verano de color rojo ondula en la ventana abierta. La despensa es tan grande que en ella cabe una vieja máquina de hacer hielo que todavía está en uso. Junto a la pared larga hay una mesa de cocina, en parte abatible, rodeada de sillas de madera pintadas de azul. Por las paredes hay estantes atestados de recipientes de cobre y diversos objetos decorativos. Las encimeras son de mármol, largas y bajas, sobre amplios armarios. En la esquina, junto a la sobresaliente campana, hay un fogón de leña, grande e ingenioso, del año 1909. Consta de dos hornos de amasar y un depósito de agua caliente con su resplandeciente tapa de cobre. Tiene hornillos de varios aros y cuatro aberturas al fuego. Perpendicular al fogón de leña hay otro de gas de dos fuegos. El suelo es de corcho, recién barnizado para el verano, y solo en parte cubierto por alfombras de trapo de fabricación casera. De lo alto del techo cuelgan dos lámparas que, cuando se encienden, dan una agradable luz amarilla. En la pared corta, frente a la ventana, hay una escalera que baja a una habitación de servicio.

El patio huele a verano y el piso de corcho a barniz.

El párroco está ahora sentado en una silla de madera junto a la mesa de la cocina y rellena su pipa. Son las ocho, todavía hay luz. El sol llega justo al tejado y a las chimeneas de la casa de enfrente. Por las ventanas abiertas suena un gramófono en algún sitio. Por lo demás, todo está tranquilo.

Jacob ceba su pipa de la petaca. Tiene la yema del dedo índice amarilla por la nicotina y rugosa por las pequeñas quemaduras. Se ha quitado la sotana y se ha vestido con unos pantalones sin planchar de franela gris y con una larga chaqueta de punto tejida en casa. El alzacuellos ha sido sustituido por un botón más cómodo. La corbata, bien anudada, es azul oscuro. El chaleco está un poco gastado y le falta un botón, los puños asoman por las mangas de la chaqueta y rodean las fuertes y peludas muñecas.

La razón por la que el pastor está sentado en la cocina es la sencilla cena que ha improvisado Anna: una tortilla con cebolla y rodajas de tomate, salchichas pequeñas y patatas nuevas. Ella se sirve aguardiente y sirve al tío Jacob. Comparten también una botella de cerveza helada. El pastor elogia la rápida iniciativa y brinda con Anna, que está al lado de la mesa.

Y así, de este modo, se aplaza la tragedia. Jacob y Anna disfrutan de la comida mientras hablan educadamente de unas cosas y otras.

Ella se ha quitado el delantal. Después de haber servido el café, se ha sentado en un asiento sin respaldo junto a la encimera que da a la ventana. El pastor remueve su café, se pone tres terrones, duda un poco y añade un cuarto terrón.

—La mayoría de la gente cree que Lutero suprimió la confesión. Lo cierto es que no lo hizo. Él abogaba por lo que llamaba la «confesión privada». Pero no conocía muy bien a los humanos nuestro admirable reformador. La misión se hace muy ardua a la luz del día y cara a cara. Es decididamente mejor la penumbra mágica del confesonario, el murmullo de las voces, el aroma a incienso.

El pastor mira su pipa, que humea serenamente, y sonríe pensativo.

—Ya no te veo —dice entonces—. La luz de la tarde que entra por la ventana borra tu cara. Si lo deseas, mi querida Anna, podemos seguir hablando. Si no, nos estamos aquí sentados, juntos, sintiendo nuestro mutuo afecto. Eso es también muy apropiado.

Pero Anna tiene ganas de hablar:

—Mi vida de niña fue asombrosamente armónica... Y divertida. A veces me pregunto si eso fue bueno. Tal vez una se hace ilusiones equivocadas. Y claro que he sido ingenua. No hay más que pensar que me casé con Henrik. Porque yo me di cuenta de lo herido que estaba, pero creí, en mi infinita suficiencia, que estaba destinada a salvarlo. ¿Se imagina usted, tío, una chica más tonta? Mamá me previno. Me previno y trató de impedirlo, pero yo era obstinada. Claro que lo amaba de una manera infantil y arrogante. Pero yo no sabía nada. Ni sobre él ni sobre mí misma. En dos años, tío Jacob, en solo dos años, habíamos derrochado nuestro capital de amor. Una noche me escapé de Forsboda y me vine a Upsala. Llegué por la mañana temprano y le pedí llorando a mi madre que me ayudara. Ella me escuchó con atención y dulzura, pero fue inflexible. A la mañana siguiente tuve que tomar el tren de vuelta al matrimonio. ¡Qué disparate!

Anna se ríe sin alegría y vuelve la cara hacia la ventana. Ya se ha apagado la luz del sol. Un reflejo rojizo colorea las sucias fachadas amarillas del patio. Bajo los grandes árboles hay dos niños que se ocupan afanosamente de una ruidosa bicicleta. Una mujer corpulenta y vestida con un traje tableado azul gris abre una ventana y se asoma. En el interior del piso se vislumbran otras figuras femeninas, charlas y risas y música de piano tocada de cualquier manera se desgranan sobre el patio.

—No —dice Anna de repente y con firmeza—. No pude seguir su recomendación, tío. Sí que habría querido acercarme a comulgar, pero me contuve.

Han dejado la cocina: No, no, yo recogeré esto luego. Vamos a la biblioteca para que usted pueda sentarse cómodamente a fumar el habano de la noche en el sillón. Henrik tiene una caja entera que le ha regalado Gustavsson, el mayorista..., para agradecerle no sé qué, creo que porque Henrik fue a visitar a su anciana madre a la residencia Erica.

Toma al tío Jacob del brazo, atraviesan las habitaciones en penumbra, en las que los muebles cubiertos con sábanas lucen como formaciones árticas. La biblioteca es una habitación cuadrada con una ventana que da al cementerio y otra a la calle Storgatan. Las paredes están cubiertas de librerías. Hay un pequeño altar incrustado entre las estanterías. En él está la Biblia familiar, abierta. Encima de la Biblia hay un crucifijo de madera de medio metro que representa al «Salvador triunfante». Sobre el amplio sofá de piel cuelga un cuadro al óleo, un holandés oscuro. En ángulo recto con el sofá campea un ingenioso armonio. Debajo de las ventanas hay cómodas butacas de piel. En medio de la habitación se extiende una gran mesa de biblioteca.

—Henrik no fuma casi nunca habanos, pero dice que los cigarros del mayorista son exquisitos.

Anna ha abierto la caja de plata y saca un habano, lo acerca al oído y le da vueltas atrás y adelante, mueve la cabeza, complacida.

—Papá era un devoto fumador de habanos. Los buenos puros y las buenas locomotoras eran sus pasiones (posiblemente, también mamá, pero es menos seguro). A mí me encantaba sentarme en sus rodillas cuando fumaba. Me enseñó muy pronto a tratar el cigarro con cuidado y respeto.

Abre una navaja dorada con puño de marfil y corta el cigarro elegido, se lo alcanza luego a Jacob, enciende una cerilla larga y le da fuego. Su acción da paso a un intenso aspirar. Luego, el pastor contempla su habano con aprecio.

Anna se apoya en el sillón que está a la derecha de la mesa de la biblioteca. Pone los brazos sobre el respaldo y mira a través de la ventana.

—Fue así, si le interesa saberlo, tío Jacob. Tomas y yo estábamos solos en su miserable habitación de alquiler. Era un día gélido de enero. Había empezado a oscurecer. Yo le había dicho que tenía que volver a Estocolmo y que pasaría mucho tiempo antes de que pudiéramos volver a vernos. Él estaba inmóvil, sujetándome por los hombros.

Yo ya me había puesto el abrigo. Estaba marchándome. Y fue en ese instante cuando yo elegí.

—¿Tú elegiste? —Énfasis en ambas palabras.

—Me quité el abrigo, me quité el vestido. Me senté en una silla y me quité las botas de invierno y la combinación y el corpiño y las medias, me quité las horquillas del pelo. Al final me quedé allí sentada solo con la camisa. No había mirado a Tomas mientras me desnudaba. Entonces lo miré. Estaba junto al escritorio. Sacudió la cabeza y dijo no, no, no, esto no. Eso dijo exactamente, tío Jacob. Pero yo ya no tenía posibilidad de elegir. Para mí no había posibilidad de volverme atrás, sí, ya sé que resulta dramático, pero no encuentro otra palabra. Así que tomé su mano y lo acerqué a mí, y él cayó de rodillas, y yo tuve su cabeza entre mis manos y su frente contra mis pechos. Así fue. ¿Le resulta incómodo, tío Jacob, que lo cuente con tanto detalle?

—Tú decides.

—Lo acerqué a mí, me apoderé de él, ¿comprende, tío? Y luego tuve que consolarlo. —Se echa a reír de repente y golpea con el puño cerrado el respaldo de la silla—. Estaba inconsolable. Afirmó que me había traicionado a mí y también a Henrik, que era su amigo. Le parecía que había sido débil y que se había comportado miserablemente. Dijo que Dios no se lo iba a perdonar. Era como un niño asustado. Y entonces empezamos a besarnos de nuevo. Estaba tan ansioso como yo. Nada… Nada. No. Nada.

Se pasa la mano por la frente y el pelo como si hubiera una telaraña que quitar.

—He pensado, naturalmente, en el arrepentimiento. Pero no me arrepiento. He pensado en el pecado, pero ya no es más que una palabra. He puesto importantes prohibiciones, como un muro, entre él y yo. Pero en cuanto surge la mínima posibilidad de verlo, derribo los muros. Pienso en Henrik, pero la cara de Henrik es imprecisa, oigo lo que dice, quiero decir que oigo su voz, pero él no es verdaderamente real. Yo creo que podría... Sé que podría... No, en realidad no es verdad. Y los niños. Me he vuelto más buena con los niños, tengo más paciencia. Y también me he vuelto más buena con Henrik. Estamos mejor... estamos mejor en todos los aspectos. Puedo ser dulce y cariñosa con él y él se alegra y no está tan irritable y tan inquieto. Todo ha mejorado desde que me di permiso a mí misma para amar a Tomas. Él también está contento y ya no le dan esos ataques de «conciencia de pecado», como él los llama. Es verdad que no podemos encontrarnos con mucha frecuencia, pero cuando vengo a Upsala a ver a mi madre, entocnes nos vemos.

Anna siente que ha hablado mucho y largo tiempo. Nada de angustia. Nada de arrepentimiento ni vergüenza. Está junto a la silla, con los brazos en el respaldo, mirando la puesta de sol estival por encima de las oscuras copas de los árboles del cementerio.

—Pues si todo va tan bien como dices, ¿por qué te echaste a llorar?

—Es que usted me pilló de improviso, tío... Había pasado casi toda la tarde con Tomas en la habitación de una pensión. Acompañé a Henrik al tren. Luego fui directamente a ver a Tomas. No nos habíamos visto desde hacía más de un mes..., seis semanas, me parece. Fue muy impresionante... No, no fastidioso, sino impresionante. No vi que estaba usted allí sentado a la sombra de los árboles. Y entonces, tío Jacob, cuando usted me llamó, me quedé aterrada, ridículamente aterrada, como pillada en falta... Eso, como pillada en falta. Y mientras estábamos allí sentados hablando tan agradablemente, me asaltó una sensación...

Silencio. Y más silencio. Anna forma palabras que no llegan a decirse.

—Creo que puedo llegar a imaginarme esa sensación tuya.

—¡En absoluto! —exclama Anna, molesta—. Si he de ser sincera, lo que sentí fue miedo.

—¿Miedo de mí?

—Fue como una columna, lustrosa y negra que llegaba hasta el cielo. Fue una sensación instantánea que desapareció en un segundo. Luego nos quedamos allí hablando. Y fue de lo más grato, en absoluto extraño.

—Y entonces te echaste a llorar.

—Sí. Me di cuenta de que me sería arrebatada toda la alegría y de que dejaría sitio a tanto sufrimiento y... tanta desgracia que sería inimaginable... Fue una intuición breve..., como la columna esa, que desapareció en unos segundos, y después oí mi propia voz contando… Entonces, entonces… se me saltaron las lágrimas. Y no fui capaz de…

—Habrías podido achacarlo a cualquier cosa.

—Veía su gran mano, tío Jacob. Y pensé que, si Dios tuviera una mano, cosa que no creo, pero, si Dios tuviera una mano, tendría que ser como la suya, tío Jacob. Y entonces me vino a la memoria el salmo: «Por último, mi Dios, te pido, toma mi mano en la tuya para que tú…».

Durante unos segundos, cae presa de un dolor avasallador que la desborda, así que rodea la mesa de la biblioteca y va a sentarse en la incómoda silla frailera del órgano. No dicen nada durante un largo rato, lo que se consigna a beneficio de quien tenga interés en cómo una confesión de este tipo se mueve y respira.

—De lo que has dicho puedo deducir que, *en realidad*, querías comunicarte conmigo, aunque no creías poder hacerlo.

—Pues sí, seguro que es así —dice Anna con voz clara, como de niña—. ¿No pasa siempre así? Una gran alegría, una alegría tan grande que resulta increíble, convoca a su vez toda la negrura, todo el tormento y el temor posibles. Tuve que probar el dolor que espera tras la alegría. Si *no* es Dios quien me ha dado a Tomas, es que estoy muy lejos de Dios. Y está bien así. Ya… Ahora piensa usted que soy inadmisiblemente blasfema.

—¡Lo que yo piense es cosa mía!… Recuerdo cuando eras mi catecúmena. Siempre te sabías la lección. Y, cuando teníamos las horas de confesión, venías siempre con preguntas, ávida de saber. Me fijé también en que eras amiga de tus compañeros. Yo sabía que venías de un hogar lleno de cariño. Conocía tanto a tu madre como a tu padre. Sobre todo, a tu madre. Alguna vez me pregunté qué clase de vida te esperaba.

Jacob se inclina hacia delante y toma el mortecino habano entre índice y pulgar. Lo enciende, exhala el humo, el aromático olor se expande en el anochecer. Anna inclina la cabeza y se mira la palma de la mano abierta... Luego hace un leve gesto de impaciencia contenida.

—Toda aquella tranquilidad tan favorable... Incluso en la escuela... Me refiero a la escuela de enfermeras. Yo veía la miseria... Sobre todo los niños. Pero no afectaba a mi seguridad. Y todos los años con Henrik (doce años), años problemáticos, difíciles y nunca como yo había pensado. Pero la seguridad persistía. Mamá y papá. Mi hermano. La calle Trädgårdsgatan, nuestra calle de siempre. Todo estaba allí permanentemente. Yo vivía muy dentro de esa seguridad.

Silencio. Y más silencio.

—¿Quieres que me vaya, Anna?

—No, quiero que se quede un ratito más, tío Jacob. Pero no creo que tenga más que decir.

—¿Por qué me has contado esto, en realidad, Anna?

—Si me atrevo a pensar...

»Si pienso solo lo más mínimo...

»Pues veo que vivimos bajo amenaza.
»Estoy cada vez más acosada.
»Los niños y Henrik y Tomas y yo…
»Nos movemos en el filo de una catástrofe.
»Una catástrofe vital.
»¿No es así como se llama?
»Una catástrofe vital.

»O bien no hago nada en absoluto, pero entonces puedo… No, eso es imposible. En realidad, ¿hay alguna posibilidad de salvación? Y la pregunta siguiente, que es la que me da más miedo: *¿quiero* realmente la salvación? Entonces pienso enseguida en los niños. Y es tan difícil que alejo de mí esos pensamientos, sí, porque son casi insoportables. Ahora lloro un poco y no solo por egoísmo, sino porque es muy doloroso. Porque se puede decir lo que se quiera de Henrik, pero es bueno con los niños. Tal vez un poco severo, sobre todo con los chicos, pero es cariñoso y tierno con ellos… Cómo se los voy a quitar. Sería injusto. No, es una bomba de relojería infernal que sigue haciendo tictac y que a veces oigo con toda claridad. Y tengo miedo… Y al mismo tiempo tengo esperanza.

Mira de súbito al pastor directamente a los ojos y sonríe casi con alegría: *Así* están las cosas, pues, tío Jacob. No he hablado con ninguna persona de todo esto. Creo que algunas sospechan, quizá Gertrud. Ella nos ha visto a Tomas y a mí juntos. Y Märta. Un día me llevó aparte y me advirtió de unas cosas y de otras, no hablamos nunca con claridad. Y ahora Märta está en la otra punta del mundo como misionera y médica. Gertrud debía de estar un poco enamorada de Tomas, pero nunca ha dicho nada. ¡Ya lo sabe usted, tío Jacob! No entiendo, en realidad, qué es lo que esperaba. Quizá pueda darme un buen consejo, una solución. O perdón para mis pecados.

Jacob da caladas a su puro, que está a punto de acabarse, observa la brasa que, vacilante, se mueve en el interior de la fina hoja de tabaco.

—Si quieres mi compasión, puedo decirte que está muy adentro. Si quieres mi absolución, no puedes obtenerla, porque no creo que sientas el más mínimo arrepentimiento. Si lo que quieres, en cambio, es que te aconseje, puedo decirte algunas cosas, a condición de que me tomes en serio. Con eso no quiero decir que sigas mis indicaciones, pero tienes que confiar en que te hablo lo mejor que puedo.

—Entiendo.

—Todo lo que pienso decirte va a despertar tu rebeldía. Te va a entristecer y disgustar y te vas a rebelar.

—Tal vez me sienta agradecida.

—Eso lo dudo. Lo primero de todo: tienes que romper la relación con tu amigo sea como sea. Aunque tú misma experimentes una sensación de rica y profunda satisfacción, tienes que terminar tu relación. Tomas está cometiendo un delito grave. Eso puede dañarlo para el resto de su vida. Además, si ese mal paso llegara a conocerse, su futuro resultaría extremadamente problemático, por no decir imposible. Tú dices que lo amas y te creo. Ser amado por una persona como tú es un don muy valioso. *No* he dicho, pues, que dejes de amarlo, lo que sería una extraña exigencia. Lo que te digo es que tienes que cortar todas las relaciones. He dicho *todas*. De esa manera le demostrarás tu amor.

Anna mira fijamente al pastor. Se acaban de encender las farolas de la calle y su luz se refleja en el techo. Pueden verse las caras el uno al otro. Jacob espera tal vez a que Anna diga algo, pero ella guarda silencio.

—Además, tienes que contárselo todo a Henrik.

—Eso no puedo hacerlo.

—Debes hacerlo.

—No, no, no puedo. Cualquier cosa menos contárselo.

—Debes hacerlo.

—¿Con qué objeto? No, eso es imposible.

—¡La verdad, Anna! Ahora estás envuelta en una maraña de mentiras. Cuanto más vivas en esa maraña, más mísera será tu vida.

—¡Tío Jacob! Henrik es una persona que apenas si soporta las dificultades que la vida diaria pone en su camino. Es débil e inseguro. La carga de trabajo que tiene es demasiado grande. La verdad lo destrozaría. Nuestro matrimonio es bastante desgraciado, es lamentable en muchos aspectos, tanto espirituales como físicos, pero hay entre nosotros una especie de camaradería amable que nos mantiene unidos. Y que nos ha servido durante doce años. La camaradería y los hijos. Si yo llego con la verdad, el infierno se nos vendría encima. No, tío Jacob, eso sí que no.

—¿No te das cuenta de que tu ocultación de la verdad es profundamente egoísta? ¡Existe la posibilidad de que Henrik madure y mejore su vida gracias a la verdad!

—¡Mejore su vida! Perdóneme, pero Henrik no es esa clase de persona. Él se hace a un lado cuando puede hacerse a un lado. Huye si tiene la posibilidad de huir. Si alguna rara vez se queda sin saber qué responder, se pone furioso o enfermo. Henrik se hundirá. *Esa* es la verdad. Yo sé que es un buen sacerdote. Y que es un director espiritual meticuloso que ha ayudado a muchas personas. Pero por debajo de todo eso hay un pobre infeliz asustadizo y muerto de miedo. No *puedo* decir la verdad. ¿*Sabe* usted, tío Jacob, cómo es nuestra vida? Me refiero a nuestra vida en el aspecto llamado íntimo. Hay veces en las que me dan ganas de gritar de asco y de humillación. Pero se vive de un día para otro y eso es lo principal. Yo no puedo contarle a Henrik nada de mi vida corporal. Ni siquiera me hago una idea de cómo reaccionaría… A lo mejor… Y esa culpa… esa culpa…

—Debes entender que entiendo. Pese a ello, la única posibilidad es *la verdad.* Tienes que adelantarte a que lo descubra por sí mismo, sería humillante.

—¿Y quién va a ayudarme a mí cuando se desaten las iras del infierno? ¿Puedo acudir a Dios? ¿O a usted, tío Jacob? ¿O a mi madre? ¿Qué digo si Henrik me echa de casa? ¿Iré a ver a Tomas —se ríe un poco—, a decirle que ahora, pobre de ti, ahora tienes que ocuparte de mí y de mis hijos? ¡No! No pienso decir jamás esa verdad que usted me exige. No creo en esa clase de sinceridad. Compro mi vida cotidiana con engaños y mentiras. Vale la pena. Pienso llevar mi pecado sola y no pienso pedir ayuda a nadie. Ni a Dios ni a usted, tío Jacob.

—Hablas de culpa como si tuvieras idea de lo que significa la *verdadera* culpa. Y no lo sabes. Es posible que mis palabras hieran y hagan daño. Es posible que tengas que exponerte a ti misma y a los tuyos a sufrir tribulaciones. Pero si eliges la verdad, te harás fuerte.

Anna sonríe para sí: Sí, dice. Sí, sí. Por supuesto. Si vas por el camino de la verdad, serás fuerte. Si eliges la verdad, solucionarás los problemas insolubles.

—¡Me marcho, Anna! Entiendo tu rechazo. Tampoco te pido que pienses como yo. Ni siquiera recuerdo que me pidieras consejo. He dicho simplemente lo que se me ha ocurrido.

—¿Acaso es tan raro que me defienda?

—Enfádate si quieres. Yo te hablo desde mi realidad ordenada. Mis propias crisis y fracasos no tienen apenas relevancia en este instante. Así que puedes enfadarte si quieres, pero piénsalo. Eres una persona joven y sensata. Me figuro que lo que te he dicho ha existido en tu conciencia bastante tiempo. Como realidades obvias.

—Y por eso sé…

—Deja por un instante tus prejuicios sobre las posibilidades de Henrik.

—Gracias por preocuparse.

—Pediré por ti en mi oración esta noche.

Ella inclina la cabeza. Se quedan de pie en el amplio y oscuro vestíbulo. Él tiene la mano en el picaporte.

—Enciende la luz para que pueda verte la cara.

Ella gira el interruptor. Un par de lámparas soñolientas se encienden en los apliques de bronce a ambos lados de la puerta.

—Mírame a los ojos. Así. Estás enfadada.

—No.

—Sí que lo estás. Estás enfadada y decepcionada. Pero ¿qué esperabas?

—No sé. Solo quiero…

—Desempeñamos muchos papeles diferentes. Unos, porque es divertido, otros, porque otras personas quieren que representemos esos papeles. La mayor parte de las veces, porque queremos protegernos.

—Sí, eso creo.

—Y así perdemos sin darnos cuenta aquello que *no* es un papel. Cuando vivo y no hago más que vivir me alejo de aquello… de lo que «yo mismo» soy, o como quiera llamarse.

—Entonces puedo decirle que ahora mismo, justo ahora, en este instante, soy *por fin* «yo». La vida con Henrik me fue llevando cada vez más hacia eso que usted llama «los papeles».

Mira angustiada a Jacob. Él no recoge su mirada, le hace en cambio una caricia rápida en la mejilla y sacude la cabeza.

—Me acuerdo de lo que dijiste la tarde antes de tu confirmación: «Le pido al Señor que sea de utilidad. Soy muy fuerte, en realidad». ¿Te acuerdas?

—Sí, ya. Lo sé. Fue infantil. Pero es que yo *era* infantil.

—Ahora Dios ha atendido tu plegaria.

—No.

—¿Tú no crees que Dios se preocupa por tu tribulación?

—No.

—¿Ya no tienes fe?

—No.

—¿No rezas tus oraciones?

—No.

—¿Qué dice Tomas?

—Él dice que mi «apartamiento», como él lo llama, le da miedo. ¿Cree usted en Dios, tío Jacob? ¿En un Padre que está en el cielo? ¿En un Dios del Amor? ¿En un Dios con manos y corazón y ojos vigilantes?

—Para mí eso no tiene importancia.

—¿No importa? ¿Cómo puede no tener importancia la figura de Dios?

—No digas la palabra «Dios». Di «la Santidad». La Santidad del Hombre. Todo lo demás son atributos, ropajes, manifestaciones, tentativas, desesperaciones, rituales, gritos angustiados en la oscuridad y en el silencio. Tú no puedes calcular ni abarcar nunca la Santidad del Hombre. Al mismo tiempo, es algo a lo que atenerse, algo muy concreto. Hasta la Muerte. Lo que ocurre después está oculto. Pero una cosa es cierta: estamos rodeados de acontecimientos que no captamos con nuestros sentidos, pero que influyen en nosotros incesantemente. Son solo los Poetas, los Músicos y los Santos quienes nos han acercado espejos de lo Inasible. Ellos han visto, sabido, entendido. No en su totalidad, pero sí fragmentos. Para mí es consolador pensar en la Santidad del Hombre y en la misteriosa Inmensidad que nos rodea. Esto que te estoy diciendo no es ninguna metáfora, es la realidad. Inscrita en la Santidad del Hombre está la Verdad. No se puede atentar contra la Verdad sin acabar mal. Sin hacer daño.

Se ha sentado cada uno en su silla junto a la puerta del vestíbulo. Las bombillas de los apliques cumplen somnolientas su tarea. Al otro lado de la ventana abierta del comedor es de noche.

Segunda confesión
(agosto de 1925)

Ha transcurrido un mes, es un agosto tibio, las ocho y media de la noche. Henrik está sentado en el embarcadero, las nubes están bajas y llovizna de vez en cuando. El ocaso es gris y sin sombras. Todavía es verano.

Está solo en el muelle. Más por los mosquitos que por placer, fuma un cigarrillo. Lleva la cabeza descubierta, el pelo rubio ha ido clareando sobre su ancha frente. Tiene la mirada azul y amable, el bigote cuidado. Debajo del impermeable lleva una chaqueta de verano, pantalones de franela, cuello y corbata.

Ahora ve el barco al otro lado de la bahía, cerca del muelle de Stendörren. El barco retrocede y vuelve la proa hacia la isla de Smådalarö. Se acerca a gran velocidad. La pasarela cae con un ruido sordo. Anna ya está preparada en la proa. Toma su equipaje y se apresura a desembarcar. La pasarela se retira inmediatamente. Un timbre suena en el interior del casco y la hélice azota el agua negra y transparente. El barco da marcha atrás, acelera y desaparece al otro lado de la punta de Rödudd. Varias de las redondas lucernas de los camarotes están iluminadas.

Henrik toma la maleta de Anna y el cesto con bolsas y paquetes. Y la besa en la boca. Ella se pone de puntillas y lo besa en la cara. Él se ha afeitado para el encuentro.

Ahora ha llegado el momento en que yo, desde mi posición, junto al escritorio de Fårö, el 18 de junio de 1992, me acerco a esas dos personas que se esfuerzan por la escarpada y pedregosa cuesta que sube desde el embarcadero de Smådalarö esa noche de agosto de 1925. En todo caso, voy a intentarlo. No sé muy bien el motivo de mi esfuerzo. No sé, pero no obstante voy y me acerco a velocidad vertiginosa y en silencio. Puedo verlos.

La casa de verano fue construida a principios de siglo y está a diez minutos del muelle. El pequeño porche de atrás da a poniente y al estrecho sendero de grava. La casa es amarilla, con esquinas blancas, y tiene cuatro habitaciones y una cocina angosta y anticuada. El comedor está unido al impresionante porche acristalado de delante, que da a una pendiente cubierta de verdor, a la ensenada, a la bahía y a las islas de Pannholmen. En la buhardilla hay dos habitaciones pequeñas, una mira al norte y otra, al sur. El idílico lugar se completa con un retrete pintado de verde situado en una peña. Junto al hastial hay un roble centenario, enorme, fuerte y frondoso. Por esta razón la casa se llama Ekebo, la Casa del Roble.

Se afanan por la cuesta, pedregosa y accidentada. Los altos pinos están inmóviles, llovizna.

—Qué tonto soy, no he cogido el paraguas —dice Henrik, disculpándose y apoyando la maleta en el suelo para tomar aliento. Anna lo adelanta unos pasos, se para y se da la vuelta: En la ciudad hacía sol, claro, así que no se me ocurrió pensar en paraguas. Ven que te ayude. Llevaremos la maleta entre los dos.

Cargan juntos, pero, como Anna es mucho más baja que Henrik, resulta muy incómodo.

—En realidad es mejor que lleve la maleta yo solo —dice Henrik.

—¡Entonces, yo llevo el cesto!

—No, lo necesito para compensar por el otro lado.

—Bueno, pues entonces no sé qué hacer.

Anna se ríe y se quita el sombrero, llovizna sobre su cara y sobre su espeso cabello castaño. Lleva una chaqueta de verano azul oscuro, una falda gris y una blusa de seda con pequeños botones.

—Es agradable la lluvia —dice, y se seca la frente y las mejillas con la palma de la mano.

—Pues no había caído una gota en tres semanas. Bueno, ya lo sabes. ¿Estaba igual de seco en Dalecarlia?

—Temíamos que se nos secara la fuente. Pero en el peor de los casos siempre tenemos el río Dal.

—La verdad es que ahorramos muchísima agua. La usamos solo para la comida y para el jarabe. Lavarnos, nos lavamos en el mar.

—A propósito de lavarse, tengo muchos saludos para ti de los chicos… y de Lillan, claro está. Mamá y yo acordamos darles rienda suelta a los chicos. Desaparecen después del desayuno y se pasan el día entero abajo, en el pueblo, con los amigos. No aparecen hasta el momento de la cena y, como te he dicho, no les reñimos por las horas o la higiene. Los sábados les lavamos las orejas y les cortamos las uñas. Todos están bien. Lillan se hizo un pequeño corte en las nalgas con un orinal desconchado, sangró bastante, y los chicos están llenos de arañazos, pero es lo normal.

Anna habla y habla, echa una mano con el cesto, sigue hablando sin parar y Henrik escucha con satisfacción.

—¿Y cómo está tía Karin?

—Bueno, mamá…

Anna se detiene en la cima de la cuesta y Henrik deja la maleta y el cesto cargado de bolsas y paquetes de Víveres Gustavsson.

—Mamá, bueno. Como Ebba. Hace justo tres meses que murió Ernst. Mamá sufre, se le ve, y Ebba tiene los ojos hinchados de llorar. A veces, por las noches, oigo sus sollozos, pero las dos están serenas y, en cierto modo, contentas. El pequeño Jan ha cumplido tres años, ya sabes. Hicimos una bonita fiesta de cumpleaños. A mí me cuesta intimar con Ebba. Lo intentamos las dos, pero no nos encontramos. Su sufrimiento y mi sufrimiento son como imposibles de comparar, ya te puedes imaginar. Ernst era mi hermano mayor. Es incomprensible.

Anna da un golpe en el aire con la mano y reanuda la marcha. Henrik la sigue unos pasos más atrás.

—¿Y cuándo vendrán Lillan y los chicos? ¿Habéis decidido algo?

—Mamá irá a Estocolmo a finales de la próxima semana y llevará a los niños. Así podremos celebrar aquí el cumpleaños de Lillan antes de que llegue el momento de volver a la ciudad.

—Entonces, no tenemos muchos días para nosotros.

—Pero convinimos en que nos iríamos el cinco de septiembre.

—Sí, sí. El cinco de septiembre, martes.

—Tú también lo decidiste.

—Sí, sí. Si lo sé.

—Estaremos juntos casi tres semanas. No está mal, en todo caso. ¿No te parece, Henrik?

—Tengo que predicar en Hedvig a primeros de septiembre.

—Tienes hijos sanos, con buen color. Y alegres. Te acordarás de lo que dijo el doctor Fürstenberg esta primavera. Que los niños necesitaban el aire del bosque.

—Sí, sí.

—Tenemos que estar agradecidos a Ma por haberse encargado de ellos todo el verano, a pesar del luto. Y de todas las preocupaciones.

—Sí, sí. Está claro.

—Tenemos que estar agradecidos.

—¡Pero si *estoy* agradecido!

Se encuentran con el profesor Ruthström y su esposa Adelaide, que están dando el paseo del atardecer; su negro caserón de madera se levanta a mitad de camino de la Casa del Roble. Él es catedrático de violín en la academia de Música, más virtuoso que pedagogo. Es bajo, gordo y pulcro, de levantisco pelo gris y rojizo. Doña Adelaide también es bajita, gorda y pelirroja, procede de Mecklenburg y fue en tiempos una destacada soprano dramática. Los dos tienen la piel blanca y manchas en la cara. Sus grandes cabezas se apoyan directamente sobre los hombros.

La señora del pastor y la del profesor se saludan cortésmente y hacen las preguntas de rigor sobre su mutuo estado de salud. Doña Adelaide se interesa por cuándo llegan los muchachos de Dalecarlia y doña Anna la informa de que será la semana próxima y que Dag está deseando navegar con Siegfrid. El profesor cierra el paraguas y dice que ha terminado de llover antes de empezar, y el pastor replica que oyó la tormenta a lo lejos y tal vez vio algún destello de relámpago sobre la bahía. Luego se desean unos a otros buenas noches y siguen cada uno por sus respectivos caminos. Henrik cuenta que el profesor Ruthström va a tocar el concierto de violín de Glazurik a principios de temporada y que su esposa ya le ha prometido regalarle entradas. Añade que ensaya cuatro horas cada día —con la ventana abierta, además— y que eso es un poco pesado. Son unas personas tan encantadoras y tan buenas, dice Anna. Lo único es que están demasiado interesados en la política. Se pasan la vida sermoneando acerca de la grandeza y la miseria de Alemania. A veces parecen chiflados.

Y llegan a casa y entran en el vestíbulo por el porche abierto que da al camino. Anna se quita el abrigo y deja el sombrero en la repisa. Henrik lleva la maleta a la habitación de Anna, que se comunica con el dormitorio y despacho de Henrik por una estrecha puerta corredera.

—Creo que voy a bajar al embarcadero a darme un chapuzón.

—Te acompaño para que no te ahogues.

—Espera, que vuelvo al instante —dice Anna, y empuja afuera a Henrik.

Él sale al porche acristalado después de haber encendido el quinqué en el aparador del comedor. De pronto se siente inquieto, casi angustiado. Se sienta en una de las crujientes sillas de mimbre.

Anna atraviesa con rapidez el comedor: No sé si deberíamos dejar la lámpara encendida. En ese caso tendríamos que cerrar la ventana, porque, si no, entrarán mosquitos y otros bichos. Se ha puesto un traje de baño negro y un gastado albornoz granate. Entonces, nos vamos, dice con una sonrisa fugaz. Se quita las sandalias de una patada y corre descalza hacia la caleta, que yace brillante y negra. Henrik, con las manos a la espalda, la sigue despacio.

Anna se tira de cabeza, lleva el pelo recogido con un pañuelo, pero se lo suelta enseguida y flota en el agua. Está muy caliente, grita. Henrik se ha sentado en un cajón de madera vacío. Anna nada hasta el embarcadero y sube.

Se envuelve rápidamente en el amplio albornoz y, vuelta de espaldas, se quita el traje de baño húmedo. Luego se sienta en el cajón de Henrik, se seca los pies con una toalla áspera y se pone las sandalias. Deja caer su pelo húmedo por la espalda y recorre con los dedos los mechones espesos y brillantes. Venga, Henrik, vámonos, ahora nos sentaría de maravilla una taza de té y un bocadillo, dice cogiéndole la mano.

Él la agarra con fuerza por las caderas y la acerca a sí, aprieta la frente contra su vientre. Mueve la cabeza adelante y atrás y hace que el albornoz, apenas atado, se entreabra. Besa su vientre y sus caderas, sin soltarla en ningún momento. Ella se libera, no con violencia, sino despacio y firmemente. Él se levanta y la abraza. Besa su cara húmeda, su cuello y su boca. No, así no, dice ella en voz baja. No me agarres así. Ven, vamos a la cocina y tomamos un té. Estoy empezando a tener frío, de verdad. Anda, ven, Henrik, dice con dulzura, y le tiende la mano.

Deben de ser cerca de las once de la noche y ha empezado a llover de nuevo, una lluvia suave y pertinaz. Anna lleva puesto un camisón de franela azul claro de manga larga, una manta sobre el vientre y las piernas y, en los pies, calcetines blancos de dormir. Toma su té lentamente. Henrik está sentado al otro extremo de la mesa. Ha tomado un vaso de cerveza rubia para acompañarla. En la mesa, un viejo quinqué zumba débilmente y echa un poco de humo. Se ha hecho el silencio entre los esposos.

Entonces Henrik se levanta con determinación, da un paso en dirección a Anna, se queda de pie frente a ella.

—Han sido cuatro largas semanas. Te he echado de menos. También he echado de menos a los niños, pero sobre todo a ti. No me he quejado, sería vergonzoso y exagerado rezongar cuando todo me va tan bien. Sí, me han cuidado bien. Y tampoco he estado solo. Gertrud ha estado aquí con Per Hasselroth y Einar y su novia y muchas otras personas encantadoras. Así que no es mi intención quejarme. Sería de desagradecido y de niño mimado. Y tú me has escrito cartas tiernas y amorosas. Tus cartas han sido de gran ayuda. Las leía por la noche, cuando me acostaba. Y también hemos hablado por teléfono, aunque eso tenía dos filos, resulta demasiado impersonal. Pero ha sido un consuelo oír tu voz. Y ahora ya estás aquí al fin. He contado los días y me he angustiado pensando que pudiera pasar algo que te impidiera venir. Ahora, de todas maneras, estás aquí. Y, lo mejor de todo…, vamos a estar solos unos días.

El dedo índice de Anna sigue el dibujo del mantel.

—Sí, pero esta noche no quiero —dice ella apresuradamente y en voz baja.

Henrik permanece de pie, mendigando.

—¿Anna?

—No, Henrik. No.

—¿Qué pasa?

—No creo que pase nada. Es solo que quiero estar tranquila.

—¿No has estado suficientemente tranquila?

—Tengo que acostumbrarme. No quiero que te plantes delante de mí con exigencias.

—Qué palabra más rara. Yo no exijo nada.

—Pero yo no quiero.

Ella sacude la cabeza, se levanta y deja la taza de té en la encimera. Henrik la abraza con fuerza y la aprieta contra sí. La taza cae al suelo y se hace añicos.

Ella se pone rígida de aversión y de rabia. Luego se libera, pero ahora sin suavidad y sin disculparse. Se vuelve un instante hacia él como si quisiera decir algo, está pálida y jadeante. Henrik está más bien sorprendido y asustado.

—¿He hecho algo malo? ¿Qué pasa, Anna? Puedes al menos…

Pero Anna se va, se detiene unos instantes en el vestíbulo, como si pensara salir a la lluvia, pero se da cuenta de cómo va vestida y se apresura a entrar en su habitación como si la persiguieran. Cierra la puerta y echa la llave. Ha echado la llave.

Henrik se queda sin saber qué hacer, abatido y, poco a poco, enfadado, irritado, amargado. El blando deseo se disipa en los recovecos del cuerpo y deja primero un vacío y luego, en su lugar, una rabia punzante a punto de estallar en llanto. Pasea por el porche y mira la oscuridad llena de rumores y latidos. La lámpara del aparador del comedor sigue luciendo sobre el cristal de la ventana su oscuro reflejo. Miedo, rabia, congoja.

No tarda en imponerse el miedo. Quiere conjurarlo y se apresura a ir a su habitación, llama a la estrecha puerta corredera. No hay respuesta, silencio.

Llama otra vez, con el mismo cuidado. Sigue sin tener respuesta. La llama con una voz dulce en la que asoma un poco de miedo: Anna, perdóname si he sido torpe y brusco. Anna. Contéstame, por favor, querida mía, te lo ruego.

Anna camina en silencio. Va y viene. Recorre el borde de la alfombra de trapo, la cabeza adelantada, los brazos cruzados sobre el pecho, el rostro inclinado. La mirada sigue las líneas oscuras y paralelas de las baldosas del piso. Respira profundamente, como si le faltara el aire, como si estuviera a una altura absurda donde el aire se adelgaza y el cielo está oscuro. Se detiene y se deshace de las zapatillas, se queda quieta, escucha la callada súplica de Henrik al otro lado de la puerta. De vez en cuando se mueve la brillante manija de bronce, pero con cuidado, tímidamente.

Ahora él da un grito y una patada a la puerta. Miedo y furor. Golpea con el puño: ¡No puedes tratarme de esta manera! ¡Anna! Contéstame, por lo menos.

Silencio. Anna está inmóvil, con la cabeza baja. El largo pelo oscuro le cae por las mejillas.

Y Henrik: ¡Anna! Ahora tiene la voz tranquila. Tenemos que hablar. No pienso resignarme. Voy a sentarme ahí fuera, en el porche, y te espero. Pienso esperar todo lo que haga falta. Todo lo que haga falta, Anna, ¿me oyes? Quiero que salgas a hablar conmigo y me digas lo que está mal.

Suelta la manija y se aleja. Ella lo oye revolver por la galería, arrastrar una silla, sentarse, encender la pipa.

Todo eso lo oye de pie, inmóvil, en mitad de la alfombra de trapo de rayas negras y azules.

Se suele hablar de «momentos decisivos». Los dramaturgos, sobre todo, se valen mucho de esa ficción. La verdad es que, muy probablemente, esos instantes apenas existen. «Momentos decisivos» y «decisiones fatales»... Suena verosímil... Pero, si uno se fija, el instante no es en absoluto decisivo: durante largo tiempo sentimientos y pensamientos han conducido, consciente o inconscientemente, hacia el mismo sitio. La eclosión, el momento crucial mismo, es un hecho que está muy dentro del pasado, muy dentro de las tinieblas.

Anna se pone en movimiento. Sumida en su negra sombra, su cólera y su ahogo, está irremediablemente a punto de cambiar la vida de muchas personas. En este instante de colapso de la realidad real se vislumbra un asomo de enigmático deseo en las afueras de su conciencia: Ahora, que se hunda el mundo. Así seré aniquilada. Así se acabará *por fin* todo. Abre su puerta, cruza el comedor, de paso toma el quinqué del aparador y, una vez en el porche, lo coloca con cuidado en la mesa redonda de mimbre que está junto a la pared más corta. Da más luz. Ahora pueden verse las caras Henrik y ella. Henrik trata de disculparse:

—Perdóname, me he portado como un chiquillo, pero lo cierto es que me asusté. Es verdad que hemos reñido, con bastante frecuencia, incluso, pero lo de cerrar puertas no ha formado parte de nuestra conducta.

Anna ha adelantado una butaca y se ha sentado enfrente de Henrik: es una butaca de mimbre, pequeña, pintada de blanco, vieja, con los brazos inclinados y un poco rota.

—Voy a contarte algo que te va a doler.

—Ahora sí que me siento de verdad inquieto —sonríe implorante.

—Lo que pasa es que desde hace un tiempo vivo con otro hombre.

—No digas que…

—Al que amo.

—¿Al que amas…?

—Al que amo más que a ninguna otra persona. Vivo con él en el pleno sentido de la palabra… Con el cuerpo, con todos los sentidos y con el corazón.

—¿De verdad?

—Esa es la verdad, Henrik. He tenido dudas. Quiero decir, que no he sabido si debía decírtelo. Pero esta noche, cuando me exigías, no pude seguir fingiendo. Tomas y yo hemos pasado todo el día juntos. He venido después de estar con él.

—¿Tomas?

—No quiero seguir. No puedo.

—¿Tomas?

—Tú lo conoces.

—¿Tomas Egerman?

—Sí. Tomas Egerman.

—Pero si es…, pero si está estudiando…

—Está estudiando en Upsala. Termina dentro de dos años, más o menos. Dos y medio.

—¿Estuvo en una reunión parroquial cantando romanzas de Schumann?

—Sí, antes era músico. Es profesor de música en el conservatorio. Por eso se ha retrasado en sus estudios teológicos.

La cara de Henrik es hermética. La mirada, azul, clavada en la mirada de Anna, sin expresión. Ella vuelve la cabeza.

—En realidad, no tengo nada más que decir.

—¿Y qué has pensado que ocurrirá… en lo sucesivo?

—No lo sé.

A Anna se le llenan los ojos de lágrimas, pero ahuyenta su ira. Henrik sonríe levemente.

—¿Por qué lloras?

—No lloro. Pero, cuando me preguntas qué vamos a hacer en el futuro, entonces me pongo furiosa. Es raro, pero es así, sencillamente.

—Yo trato de mantener la calma y…

—¡Henrik! Nuestra vida en común se ha ido distanciando y haciéndose incomprensible poco a poco. Yo no he sido libre, me he sentido encerrada.

—Y con Tomas eres libre, ¿no?

—No tengo idea de si «soy libre» o no.

—¿Anna?

—Sí.

—¿Qué es lo que quieres por encima de todo?

—¿Me lo preguntas en serio?

—En scrio, Anna.

Su tono es dulce y la mira sin rencor ni distancia. Ella está confusa y angustiada. Los sentimientos de la conversación se precipitan en diferentes direcciones y no se pueden controlar.

—Me preguntas qué es lo que quiero y no lo sé. Seguramente, quiero ocuparme de nuestra casa, quiero cuidar a nuestros hijos, claro que sí. Sería ridículo... Quiero decir que cualquier otra cosa es impensable. Puedo permanecer a tu lado y puedo ayudarte en tu trabajo, puedo serte de gran ayuda.

—¿Y Tomas?

—Con Tomas no hay futuro. Con el tiempo encontrará su propio camino. Se casará con alguien de su edad que sea buena esposa y madre. Pero déjame tener algo de libertad. Déjame estar con Tomas. Solo un poco de tiempo.

—Un poco de tiempo. ¿Cuánto?

—No sé. Me preguntaste cómo me gustaría que fuera nuestra vida ahora y más adelante. Y yo trato de contestar.

—¿Quieres decir acaso que me consiga una «señora» durante este incierto futuro?

—Deja las ironías, por favor.

—Perdón.

Ella calla.

Él calla.

—Si quieres, si te empeñas en ello, estoy dispuesta a dejarlo todo, casa e hijos y… todo.

—¿Y los hijos?

—Ya, los hijos. Una cosa es cierta, Henrik: siempre has sido bueno y cariñoso con los hijos. A veces has sido severo con ellos…, siempre contra mi voluntad. Pero tal vez lo mejor para ellos sea que yo no esté. De esa manera, se libran de nuestros problemas. Porque ¿no es verdad que siempre hemos dejado aparte a los hijos?

—¡Pobre Anna!

—Mira que decir eso.

—Pobre Anna. Lo estás pasando mal.

—Sí, lo paso mal. A veces le he pedido a Dios que me pusiera enferma, que tuviera que ingresar en el hospital, que me viera libre de toda esta culpa, toda esta… culpa, sí.

Henrik se inclina hacia delante y le coge la mano. Hay mucha seriedad en su rostro. Hay ternura.

—¿Tú no crees, Anna mía, que hay algún sentido en todo esto que nos ocurre y que nos hace un daño tan espantoso?

Anna presta oídos a esa voz buena, ve el rostro junto al suyo. Ahora ya no está distante. Está dulce, casi trascendental.

—He estado a punto muchas veces. Tú eres, en todo caso, mi mejor amigo, a pesar de todo lo ocurrido. Tú eres el único con quien siempre he podido hablar; por eso era tan irreal andar por ahí como representando un papel. ¿Entiendes lo que quiero decir?

—Sí, entiendo.

—Debía contártelo para que luego, juntos... Pero entonces pensaba en lo muchísimo que tienes que hacer, en todas tus responsabilidades, en toda la gente. Y pensaba que no podrías aguantar mi verdad y que sería desconsiderado meterte en algo que yo misma tenía que resolver. Y así iban pasando los días... Y a veces, de pronto, pensaba: *¡Ahora!* Ahora hablo. Que pase lo que sea. Pero veía tu cansancio y tu desaliento y me contabas el miedo que tenías de no poder con todo y veía tu terrible angustia cuando te tocaba predicar. Y por eso no dije nada. Y cuanto más tiempo pasaba, más difícil se hacía, claro.

—¿Lo sabe alguien?

—No.

—¿Tampoco tu madre?

—¿Cómo se te ocurre que iba a atreverme a hablar con Ma? No, no, imposible, Henrik.

—¿Estás segura?

—No voy a mentirte. Y resulta difícil. Märta lo sabe.

—Vaya, Märta.

—Voy a contártelo para que lo sepas, pero te va a hacer daño.

—Acaso sea mejor que esté enterado.

—Esto fue lo que ocurrió: yo quería ir con Tomas y estar con él. Quería que tuviéramos unos días —y noches— solo para nosotros. Tomas tenía muchas más dudas, quería y no quería al mismo tiempo… Estaba asustado, le parecía que sería una traición. Yo le expliqué que la traición ya era un hecho. Así que escribí a Märta, que por entonces estaba viviendo en casa de su tía, en Noruega, cerca de Molde. Contestó a vuelta de correo diciendo que seríamos muy bienvenidos y que ella iba a ir a un congreso de misioneros en Trondheim.

—Ya, comprendo.

—Me doy cuenta de que *quieres* comprender.

Inclina profundamente la cabeza y le besa la mano. Luego solloza con fuerza, pero se domina y se pasa la mano por la frente y por los ojos.

—¿Te has confiado a alguien más?

—Sí.

—¿A quién?

—Al tío Jacob.

—Así que él ya lo sabe.

—Es nuestro amigo y nos quiere bien, él fue quien me preparó para la primera comunión.

—Es mi jefe.

—Y eso qué importa.

—No, acaso no.

—Él te quiere, lo sé. Y tú también lo sabes. Me lo encontré de repente e inesperadamente, nos sentamos en un banco del cementerio y empezamos a hablar. Me preguntó sin ambages si tenía algo en la cabeza y yo confesé.

Se calla, asustada.

—¿Y?

—Me aconsejó que dijera la verdad. Dijo que no había otra posibilidad, dijo que tenía que cortar la relación con Tomas. Dijo que esa era mi obligación, la única posibilidad. Dijo que pecaba contra ti si no lo decía... Fue muy duro.

Lo último en un susurro, con tristeza. Henrik se recuesta en la silla, suelta la mano de Anna, vuelve la cabeza y mira hacia el oscuro cristal de la ventana, que surcado por la lluvia refleja el quinqué y dos figuras borrosas y encogidas. La grave y tibia serenidad sigue allí. Nada cortante ni lacerante. Ni en apariencia ni por dentro. Nada.

—¡Vaya! Así que te pareció duro. ¿Qué te esperabas?

—No sé. Es que empecé a confesarme sin objetivo ni expectativa alguna. Era necesario, simplemente. Tal vez supiera lo que iba a decirme, y al mismo tiempo tenía miedo.

—¿Tenías miedo?

—Le dije al tío Jacob que, en este caso, la verdad podría resultar una catástrofe para muchas personas. Y entonces él me contestó que era injusto subestimarte.

Silencio. Ella sigue:

—Y ahora veo que tío Jacob tenía razón. Y me siento agradecida. Me has ayudado como en un combate a vida o muerte.

Ahora ella llora abiertamente y lo abraza y resbala hasta caer de rodillas y lo atrae hacia ella, lo besa en los ojos y en la frente y en el cuello y, cuando él la busca, le besa los labios. Y entonces él cae sobre ella, ella vuelve en sí por un instante. Y luego cierra los ojos y coopera.

Un amanecer apenas perceptible. Ha dejado de llover, pero las nubes se mueven pesadamente sobre la inmovilidad de la bahía. No hace viento por la mañana. Anna y Henrik yacen en la cama de él, él se ha acurrucado con la mejilla contra el pecho de ella. Henrik duerme, inmóvil y en silencio. Ella está completamente despierta, despierta sin paz ni clemencia.

Se libera con cuidado del incómodo encierro y se desliza fuera de la cama. Le cubre el hombro con el edredón y contempla largamente al indefenso hombre dormido.

Abre con cuidado la puerta de su habitación, cierra sin ruido, enciende una vela sobre la mesilla de noche, se acurruca muy adentro, bajo las mantas; hay humedad, la ventana está levantada, sin persiana. Se sienten débiles crujidos y susurros en el canalón y en la barrica que recoge el agua de lluvia. Un pájaro da un grito fugaz en la lejanía. Por lo demás, el silencio es tan profundo que puede oír un débil zumbido en el oído. Cierra los ojos y no cree que vaya a dormirse. Tal vez se adormile de todos modos unos instantes esta primera mañana de la nueva y espantosa vida sin haber oído que Henrik ha entrado en su habitación. Él dice su nombre en voz muy baja, como un murmullo:

—Anna. Quiero hacerte una última pregunta que me tiene intranquilo.

—Sí.

—Perdona si te ha despertado.

—Creo que no dormía.

—No, no enciendas. Yo te veo, es mejor así.

—¿Qué querías preguntar?

—Pues…

Él duda, se ha acercado a la ventana, está con la cara vuelta hacia el vago y silencioso amanecer.

—Di lo que pensabas.

Ella se ha sentado y ha cruzado las manos, está sentada muy erguida con las manos cruzadas y observa la negra sombra que se divisa junto al gris rectángulo de la ventana.

—Quiero preguntarte sin rodeos. He estado a punto muchas veces, pero no me he atrevido. Te lo quiero preguntar esta noche de total sinceridad. Y te ruego que seas veraz.

—Sí, lo prometo.

—¿Era un placer físico acostarte con Tomas?

—Era un placer físico.

—¿Era un placer físico más grande que conmigo?

—No puedes hacerme ese tipo de preguntas.

—Te ruego que contestes con sinceridad.

—No puedo.

—Eso basta como respuesta.

—No puedo evitar que sea así.

—¿Qué es lo que no funciona entre nosotros?

—Yo amo a Tomas.

—Y a mí no me amas.

—Tal vez hace tiempo. No lo sé.

—Pero ¿nunca has sentido placer?

—No quiero…

—Quiero que hables con claridad.

—No, no he sentido nunca placer físico cuando hemos estado tú y yo juntos. Por lo general, deseaba que acabase lo antes posible. Bueno, ya sabes que hemos bromeado sobre eso.

—Hemos bromeado, es verdad.

—Eso nunca fue un problema. En todo caso, no para mí.

—Solo una pequeña molestia.

—Más o menos.

—Y no con demasiada frecuencia.

—No con demasiada frecuencia, no, es verdad.

—Pero ¿con Tomas todo era diferente?

—No me hagas esas preguntas.

—Sí, ya, ya comprendo. Comprendo.

—Henrik, ven y siéntate aquí, en la cama.

—No, no, no voy a tenerte despierta más tiempo, Anna mía. Debes de estar muy cansada.

—Sí.

—Yo también estoy cansado.

—Buenas noches, pues, Henrik. Dame la mano.

—Buenas noches, Anna. No, no, no. Está bien así.

Él parece triste de un modo ausente, abre la puerta corredera y vuelve a cerrarla con cuidado. Anna lo oye moverse en la otra habitación.

Sigue sentada como antes, derecha e inmóvil, con las manos cruzadas y una mirada seca y dilatada hacia un amanecer que no llega nunca.

Es muy necesario que me detenga justo en este instante y que piense en la situación. ¿Por dónde avanzan las venas de agua? ¿Qué aspecto tiene la verdad? No cómo fue en la realidad, eso carece de interés, sino simplemente esto: cómo se representa la verdad o… cómo se dislocan y se forman, se deforman, los pensamientos de los protagonistas, sus sentimientos, su propensión a la angustia y así hasta el infinito. Tengo que detenerme y andar con cautela: *Tú me asestas una puñalada mortal. Yo te asesto una puñalada mortal.* El paisaje anímico de los protagonistas sufre una violenta sacudida, como una catástrofe natural. ¿Es posible siquiera describir eso? Y lo más importante: ¿no son las consecuencias a largo plazo las que van haciéndose visibles poco a poco en cuerpos, almas, sentidos y rasgos de la cara, tal vez mucho después que la conmoción misma? ¿Se verbaliza mucho en un ajuste de cuentas como el que ahora se avecina? ¿No resulta más bien desmañado, desesperado y confuso, tanto por parte del que acosa (Henrik) como de quien se defiende (Anna)? ¿Llega la escena hasta el punto en que la contrición de Anna se vuelve ataque y legítima ira? Tal vez no en la llamada realidad; en ella, este acontecer se extiende durante semanas, meses y años en una corrosiva y sorda monotonía, solo rota de vez en cuando por treguas y reconciliaciones ilusorias con patéticas promesas de paz final. ¿Cómo describir el *escarbar*, el mezquino machacar, las repetidas preguntas, cada vez más humillantes, que terminan por bloquear la menor compasión? ¿Cómo describo la ponzoña que imperceptiblemente inunda el hogar como un gas que ataca los nervios y que corroe los sentidos de todos durante largo tiempo, quizá toda la vida? ¿Cómo recojo las opiniones y el ponerse a favor o en contra cuando necesariamente todo se vuelve borroso e incierto, ya que los que juegan en segundo plano no tienen jamás la posibilidad de enterarse de la verdad real? Nadie sabe…, todos ven.

El día siguiente amanece nublado y sin viento, la lluvia ha cesado, pero todo está húmedo. Los esposos no cruzan muchas palabras, ambos están agotados y no pueden descansar. Henrik sale temprano con el viejo barco y una caña de pescar. Anna escribe algunas cartas y se ocupa de las cuentas, luego va en bicicleta hasta la finca de los campesinos, que tienen teléfono, y llama a su madre para saber cómo están los niños. Karin, que tiene oído fino, nota que la voz de Anna suena distinta y pregunta si ha pasado algo, lo que Anna se apresura a negar. Dag, el mayor, se ha clavado un anzuelo en la mejilla y han ido al ambulatorio de Repbäcken para sacárselo. Por lo demás, no ha pasado nada, todos están bien; los niños, un poco mustios, porque se acaban el veraneo y la libertad. Saben bien que el régimen de vida en Smådalarö es bastante más severo, pero, lo dicho, todos están bien.

La cena mano a mano con perca guisada y crema de ruibarbos es pacífica. Se conversa tranquilamente de cosas que se refieren a la familia (el anzuelo en el carrillo, claro está, y cómo Ma imagina el futuro de su nuera y de su hijito). Se habla también del trabajo parroquial, de la una vez más pospuesta restauración de la iglesia, del escrito del pastor Arborelius al consejo parroquial quejándose de no haber recibido la subvención para su viaje a los países bálticos, del gratificante aumento de miembros de la reciente asociación de madres y cosas por el estilo. Después de cenar, toman café en el porche. Un súbito rayo de sol se abre camino a través de la neblina inmóvil, bajo las nubes. Los esposos señalan al unísono que ha salido el sol muy de improviso. A lo mejor mañana hace buen día, a lo mejor se podría hacer una excursión a Skärholmsviken. Esto lo dice Anna, casi suplicante, y Henrik esboza una vaga sonrisa y añade que podría ser agradable. Y así se van apagando todas las conversaciones, todas las palabras se desvanecen, las voces, las cuerdas vocales, las lenguas, los labios no tienen fuerza. Se hace el silencio. Anna zurce un calcetín, se ve un gran agujero en el huevo de zurcir. Una avispa moribunda zumba tras la larga fila de geranios. El sol se ha apagado a los pocos minutos, no hace viento, la luz, sin sombra, está saturada de humedad. Henrik lee el periódico con más atención que de costumbre.

A las siete, los esposos escuchan juntos las noticias. Luego se trasladan al comedor, encienden la lámpara que está sobre la mesa redonda y Henrik lee en voz alta unos capítulos de la recién publicada novela de Elin Wägner. Dan también el acostumbrado paseo del anochecer. A las diez se desean buenas noches, se besan en las mejillas y apagan los quinqués. Henrik se sienta en la escalera del porche y fuma un cigarrillo. El agua, el cabo y la bahía se vislumbran en la oscuridad, que va cayendo... Primero un largo ocaso y luego, de pronto, una oscuridad otoñal que desciende de las nubes inmóviles. Anna se ha retirado a su habitación y a sus minuciosos rituales nocturnos, luego el libro de cabecera, las gafas en la punta de la nariz, después de haberse dado un buen masaje en la cutícula de las uñas con una crema reparadora.

Ese día nada se ha dicho. El aturdimiento sigue siendo total.

El día siguiente, que llegó con viento, nubes cambiantes y un sabor a otoño, fue tan tranquilo e imperceptible como el anterior. De esa manera Anna y Henrik se dedicaron a sí mismos y el uno al otro durante tres días.

El silencio entre los esposos había sido aceptable. Alguien que desde fuera hubiera podido observar las conductas y los tonos de voz apenas habría notado nada anormal o alarmante. Anna, que casi siempre era la que pinchaba los abscesos que se hinchaban, no se atrevía a moverse en ninguna dirección. Todo pensamiento o sentimiento de angustia, rebeldía, culpa, sufrimiento o ira se lo guardaba para sí misma en un esfuerzo como de conjuro. Al mismo tiempo se sentía insegura y confundida: ¿Esto era todo? ¿Volvería la vida a la rutina de siempre? ¿O aquellos días de calma estaban preñados de una amenaza inconcebible?

Henrik se movía y hablaba con cuidado para no verse obligado a despertar la conciencia de un dolor insoportable. Amabilidad, breves explosiones de ternura y discreto silencio fueron la característica de esos días.

La señorita Lisen iba a llegar el viernes en el barco de las tres de la tarde. El sábado, a la misma hora, llegarían los niños acompañados de la señorita Agda, siempre tan servicial, y que en realidad era maestra en algún pueblo lejano de la llanura de Upsala, pero que, a causa de sus débiles pulmones, disfrutaba de una modesta pensión y se dedicaba a ser la tierna y resignada aya de los niños.

Una vez hubieron cenado, como de costumbre a las cinco, marido y mujer recogieron la mesa entre los dos y se pusieron a fregar y a secar los platos. En esto Henrik miró un vaso a la luz de la ventana de la cocina y dijo que el vaso estaba mellado en el borde. Anna, que estaba ocupada en la tina de fregar, contestó sin darle importancia que era muy posible. Henrik no replicó inmediatamente, pero al cabo de unos minutos afirmó que la vajilla estaba en un estado lamentable. Varios vasos y muchos platos estaban mellados y había muchos cubiertos desparejados, algunos eran simplemente cubiertos de cocina... Las palabras salían agolpadas y confusas.

Anna, desprevenida, contestó con paciencia que cuando alquilaron la casa quedaban en ella algunos enseres y que a ella le había parecido innecesario traerse demasiadas cosas de la ciudad. Henrik continuó secando los cubiertos y pareció meditar los argumentos de la esposa. En este instante cae sobre Anna la glacial certidumbre de que pronto va a hendirse su vivir. Henrik dice: Sí, todo eso, puede. Pero yo no comprendo por qué tenemos que sentarnos a la mesa con un mantel sucio. Eso no lo comprendo.

—¿Mantel sucio? —Anna deja de fregar, saca las manos de la tina y se aparta un mechón de la frente con el dorso de la mano.

—El mantel está manchado. No sé cuántos días se ha puesto la mesa con el mantel manchado, pero seguro que más de una semana, diez días seguro. Cuando estaba yo solo, no he querido decirle nada a la señorita Lisen, pero me extraña que no hayas visto tú las manchas, porque sueles fijarte en esas cosas.

Anna no contesta, pero va al comedor secándose las manos en el delantal. Abre el armario del aparador y saca el mantel y lo extiende sobre la mesa con un movimiento rápido.

—¿Dónde están las manchas? —pregunta Anna, cortésmente pero con una agitación interior que le resulta difícil dominar.

—Ahí y ahí y ahí.

Henrik señala. Sí, hay tres manchas en el mantel blanco, pero no son muy evidentes. Una oscura, del tamaño de un céntimo y provocada por una gota de cera, una de óxido en un extremo, junto al dobladillo, y otra no demasiado grande pero visible.

—No entiendo adónde quieres llegar —dice Anna poniendo de manifiesto toda la calma que es capaz de reunir. Se sienta a la mesa y posa las palmas sobre el mantel. Henrik se queda donde está: una intensa mancha roja junto a la sien derecha; la mano, apoyada en el ornamentado respaldo de la silla, le tiembla un poco.

—No entiendo adónde quieres ir a parar.

—Nada especial. Nada importante. En todo caso, no para ti, por lo que parece.

—Mañana se te servirá la cena en un mantel limpio y se acabó. Siento que el vaso mellado y las manchas te hayan molestado, pero lo cierto es que estamos en el campo y no tenemos invitados.

—Yo no lo veo tan sencillamente.

—En ese caso, creo que debes decirme inmediatamente cómo lo ves tú.

Anna logra esbozar una ligera sonrisa. Henrik continúa junto a la silla y sigue con el dedo índice el dibujo tejido del mantel.

—Es muy sencillo, Anna. De pronto me doy cuenta de que has abandonado el hogar.

—Pero ¿qué estás diciendo?

—Que has abandonado nuestro hogar. Las pelusas debajo de las camas, las plantas que se secan, la cortina rota, allí.

Henrik señala la ventana que da al porche. Una de las finas cortinas blancas muestra heridas de hilos sueltos, gastaduras.

—¡Pero, Henrik! Yo he estado fuera de aquí seis semanas y la señorita Lisen, por trabajadora que sea, empieza a ver mal, ya lo hemos comentado. Yo no puedo...

—¿Y por qué has estado fuera de casa seis semanas?

Anna se siente ahora desamparada y contempla suplicante al hombre que está al otro lado de la mesa. Pero él no la ve, él ha bajado la mirada o tal vez cierra los ojos, la mancha roja junto a la sien se ha hecho más grande, la mano tiembla casi imperceptiblemente.

—Contesta sinceramente.

—No entiendo. Nos pusimos de acuerdo. Tienes que acordarte de que Fürstenberg recomendó aire de montaña para los niños. Tú no querías ir a Dalecarlia a casa de Ma. Querías estar aquí, en el mar. ¿No te acuerdas de que fuiste *tú mismo* quien propuso que los niños y yo fuéramos a Dalecarlia y que tú vendrías aquí y que luego nos veríamos a principios de agosto? ¿Es que te has olvidado?

—Lo que he pensado es lo rápidamente que aceptaste mi propuesta.

—Me sentí agradecida por tu generosidad y porque no creabas dificultades.

—Tú te sentiste agradecida de que te diera la oportunidad de ver a tu amante. Me dieron algo que pensar tus viajes a Upsala, pero ahora ya sé.

El tono es cortés por ambas partes. Anna sigue apelando al sentido común y a la contención. Henrik se deja arrastrar lentamente y, sin darse cuenta, más allá de los límites de la razón.

—Fui a Upsala tres veces con Ma para ayudarla a arreglar las cosas después de la muerte de Ernst.

—Cuatro veces, cuatro, Anna.

—Sí, sí, es verdad. Una vez tuvimos que ocuparnos de Carl, que se indispuso con su patrona. Nos vimos obligadas a ingresarlo en el asilo de Johannesberg. Bueno, eso ya lo sabes.

—Pero todo eso eran excelentes pretextos para encontrarte con tu amante.

Silencio.

—Contéstame, Anna. Seamos sinceros, por amor de Dios.

Silencio.

—Te lo pido por lo que más quieras.

—¿Qué más deseas? Te lo he dicho todo. ¿Qué más quieres?

—Detalles.

—¿Detalles? ¿Qué quieres decir?

—Precisa y exactamente lo que digo. Me debes un informe detallado de tu... tu... comercio carnal con esa persona.

—¿Y si me niego?

—Tengo buenos recursos para obligarte. ¿Has pensado en esa posibilidad?

—Sí.

Ella *ha* pensado, también ha expresado sus temores a Märta y a Jacob: *El puede quedarse con los niños.* Si llegan a la separación o al divorcio jurídico, los hijos le corresponden a él. Es la ley.

—Así que lo mejor para todos es que trates de ser lo más sincera posible. Te ruego que contestes mis preguntas dócilmente y sin faltar a la verdad. Luego, con calma, estudiaré tus respuestas y, con calma, tal vez con una persona que tenga formación jurídica, sopesaré cuál será el próximo paso. ¿Entiendes lo que digo?

—Sí.

—¿Querías decir algo?

—Me pregunto únicamente qué se ha hecho de la comprensión y del perdón. ¿Adónde ha ido a parar la comprensión que tenías el domingo por la noche?

—No puedes contar con una comprensión permanente. Me quedé paralizado por lo que contaste. Ahora esa parálisis empieza a ceder y voy comprendiendo cuál es mi deber.

—¿Deber?

—Claro. Mi deber para con los niños. Tengo que pensar en los niños en primer lugar.

—Henrik, por favor, Henrik.

—Puesto que tú, de una forma tan evidente y desconsiderada, has colocado tu propio placer en primer lugar, comprometiendo con ello la existencia de la familia, tengo que asumir *yo* la responsabilidad, es así de sencillo. Yo no puedo tolerar vasos mellados, manteles manchados y cortinas sucias. No puedo tolerar la descomposición que tú, con tu... impudicia, has dejado entrar en nuestro hogar.

—Henrik, no puedes...

—¿Qué es lo que no puedo? Puedo lo que debo, lo que es mi deber en este preciso instante. Tengo que saberlo todo, en detalle. Si lo encuentras de mejor gusto... menos desagradable... estoy dispuesto a formular mis preguntas por escrito. Luego tú puedes contestarme con una carta que, naturalmente, será tratada con toda discreción. Eso está claro.

—No. Sí, entiendo.

—Yo, aquí, en mi soledad, echando de menos a mi familia. Contento de que estuvierais pasándolo bien. De que los niños se repusieran. Te escribí que descansaras, que estuvieras contenta y animosa, que pronto nos reuniríamos, que estábamos en las manos de Dios.

Anna se tapa la cara con las manos, no llora, pero tiene que ocultar la ira que se mueve, pesada y desgarradoramente, en sus entrañas. Ahora tengo que ser sensata, ahora tengo que pensar con claridad, ahora tengo que...

—¿Qué es lo que quieres saber?

—¿Estabas desnuda con ese hombre?

Silencio.

—Has oído mi pregunta.

—He oído tu pregunta, pero me gustaría saber si estoy soñando. Esto es completamente irreal, por favor, por favor, Henrik.

—Es una pregunta directa: ¿estabas desnuda, estabais desnudos?

—Sí, estábamos desnudos.

—Tiene su interés, ya que a ti no te gusta mostrarte desnuda cuando estás conmigo.

—Es verdad.

—¿Cuántas veces has estado con ese hombre?

—No lo sé.

—Seguro que lo sabes. Pero te da vergüenza decir cuántas veces habéis estado juntos.

—Creo que quince o veinte veces.

—¿*Cuántas veces* has salido directamente de tu lecho de amor para estar conmigo?

—No lo sé. He tratado de eludirlo, pero luego he pensado que, con tal de acabar pronto, mejor ceder que complicar las cosas.

—¡*Eso* es amor!

—Sí, tal vez sea amor.

—¿Y cuánto tiempo han durado las guarrerías?

—Si con «guarrerías» te refieres a mi relación amorosa con Tomas, algo más de un año. El año pasado, por San Juan, Gertrud y Tomas fueron a Våroms. Tú ibas a llegar algo más tarde. Mamá se había marchado ya con sus hijos y yo estaba sola allí con los niños. Llegaron Gertrud y Tomas y celebramos San Juan juntos. Dábamos largos paseos por el bosque. Un día Gertrud amaneció con dolor de garganta y se quedó en casa. Tomas y yo subimos hasta la laguna de Djuptjärn. Allí hay una finca abandonada. Le pedí que se acostara conmigo. Yo lo convencí.

—Pero no te has quedado embarazada.

—No.

—¿Cómo es eso?

—Después del último parto, no creo que pueda quedarme embarazada. Seguramente he quedado mal.

—¿Por qué me has dicho, entonces, que tengo que tener cuidado? ¿Por qué me has mentido?

—He mentido porque la sola idea de tu semen en mi cuerpo me resultaba insoportable.

—Pero ¿no con él?

—No, con él, no.

—Entiendo.

—¿Qué es lo que entiendes tan de repente?

—Entiendo por qué has descuidado tu hogar durante el último año. La loza desportillada, por ejemplo, y los manteles manchados.

—Es justamente todo lo contrario. Tenía tan mala conciencia que redoblaba mis esfuerzos para que estuvierais bien tú y los niños. Me esforzaba en todos los aspectos del trabajo parroquial. Hacía todo lo que podía, todo lo que se me ocurría. Me puedes acusar de lo peor, Henrik, pero no del cuidado del hogar, no de mi trabajo en la parroquia ni de mis desvelos.

—Y mala conciencia.

—Sí, también. Pero sobre todo porque os amaba (sí, a ti también) y quería resarciros. Con todas mis fuerzas.

—¿Y de qué hablabais?

—Ahora no sé qué dices.

—¿De qué hablabais ese hombre y tú? Porque no estaríais jodiendo todo el tiempo.

—No me hables de ese modo.

Silencio. Luego:

—Perdóname, tienes razón.

—Hay límites, Henrik.

—Pero ¿de qué hablabais? Porque él está estudiando para ser sacerdote. Es una persona joven, dicen que es un músico excelente. ¿Pianista o…?

—Se preguntaba si nos castigaría Dios.

—¿Y?

—Yo creía que tal vez me estaría permitido vivir la alegría del amor una vez en mi vida. Tomas se atormentaba más que yo. Yo le pedía a Dios que me castigara a *mí* y no a Tomas.

—Así que os desafiabais uno a otro.

—¿Qué quieres decir?

—En erotismo religioso. Qué gusto.

Anna mira fijamente a Henrik y se queda muda. El túnel se hace más angosto, los firmes cimientos de la realidad se desploman hechos polvo y ceniza. Ya no quedan puntos de apoyo ni terreno firme para los pies. Anna se levanta.

—Tengo que vomitar.

Intenta andar con calma, pero el estómago expulsa una bilis que le llena la boca. Aprieta los dientes y llega a la cuesta que está detrás del roble, apoya las manos en el grueso tronco y vomita. El cuerpo se arquea, brota el sudor en la nuca y en las axilas, en las mejillas y en la frente. Así no he vomitado nunca, piensa confusamente. El ataque se va calmando, se limpia la boca, pero permanece de pie junto al árbol. La envuelve el hedor del vómito.

Adivina a Henrik en la penumbra, él le acerca un vaso de agua a la boca, bebe esto, te ayudo, vas a vomitar más, si no, vamos adentro, te puedes echar un poco en el sofá de la sala, yo me quedo contigo, no vamos a hablar. Vamos a tratar de estar tranquilos, ahora lo más importante es pensar con claridad, no debemos empeorar las cosas. Aquí, ya verás, estás bien así, con el cojín y la manta, yo me siento aquí tranquilamente. Fíjate, está empezando a llover otra vez. Me parece que voy a cerrar la puerta del porche. Así, y dejamos encendida la lámpara del aparador para poder vernos… Si queremos, claro.

Tercera confesión
(marzo de 1927)

La madre de Anna se ha desplazado de Upsala por unas horas para ver a su hija. Se ha instalado en la pensión Nyländer, en la esquina de las calles Brahegatan y Humlegårdsgatan.

Anna ha pasado unas semanas en una casa de reposo con Henrik, que ha tenido una excedencia de medio año (a causa de «agotamiento y tensión nerviosa», como dice el diagnóstico del médico). No conviene que Henrik y la madre de Anna se vean, de ahí el arreglo de la pensión.

Es una tarde de marzo de 1927.

Anna por la calle.

Anna junto a la puerta.

En el vestíbulo.

La señorita Elin Nyländer, su blanco cabello bien peinado y sus ojos negros.

El largo y oscuro pasillo pasa por delante de la cocina. La señorita Nyländer se excusa por que no haya otra habitación más grande y mejor, pero está todo ocupado hasta Semana Santa. Y en su caso solo es por unas horas.

La habitación da al patio y tiene una ventana alta y estrecha y un tremó y una cama y dos sillas, todo blanco. Y un lavabo con palangana y jarra, el biombo está corrido hacia un lado, junto a la ventana hay un pequeño escritorio. Allí sentada está Karin Åkerblom, que ha sacado una carpeta de una vieja cartera. La señorita Nyländer pregunta si desean alguna cosa. Karin ya ha tomado un té, la bandeja está en una silla y la señorita Nyländer la alcanza enseguida para llevársela. No, Anna no quiere tomar té, de modo que la señorita Nyländer cierra la puerta y ni se le ocurre quedarse a escuchar. Va directamente a la cocina con la bandeja y se sienta a leer la *Hoja de la Mañana.* Luego prende un cigarrillo turco.

¿Cómo se saludan Anna y su madre? ¿Se abrazan, se apresura Anna a quitarse el abrigo y el sombrero y a dejarlos en la silla que está delante de la puerta, se quita las galochas, se arregla el pelo delante del brumoso espejo del tremó? ¿Cuáles son los movimientos y los tonos que presiden los primeros minutos de este vergonzante encuentro de madre e hija en una pequeña habitación interior de la distinguida y silenciosa pensión de la señorita Nyländer este día de marzo con copos de nieve revoloteando y calles embarradas? Un niño llora abajo en el patio. Bueno, qué hacer, hay que seguir viviendo, lo que tiene que ser tiene que ser. Qué humillante encontrarse en una pequeña habitación de la pensión de la señorita Nyländer.

—No tengo mucho tiempo. Henrik llega de Upsala en el tren de las cinco. Va a tomar un taxi y quiero estar en casa para entonces. ¿Qué dijo el profesor Thorling?

—Poca cosa. Escuchó atentamente todo lo que le expuse y me dijo que había leído tu carta con sumo cuidado. Pero, por razones obvias, no quería decir nada antes de haber hablado con Henrik.

—¿No podía decir *nada*?

—No seas impaciente, Anna. El profesor Thorling es un médico experimentado. No puedes esperar que dé por buenas nuestras explicaciones. Además, dejó muy claro que no puede meter a Henrik en el hospital contra su voluntad. Las causas de «internamiento forzoso», como se lo llama, son muy precisas: el paciente tiene que ser un peligro para sí mismo o para quienes lo rodean.

—Así que, para que él pueda intervenir, ¿primero tiene que pasar algo?

—El doctor insistió en señalar que, por ahora, no ha tenido ninguna prueba de que Henrik esté loco según estipula la ley.

—Pero ¿y los daños?

—¿Qué daños?

—En mí, en los niños. ¿No cuentan los daños?

—Anna, ven, siéntate aquí, frente a mí, y tratemos de hablar con sensatez. El ratito que tenemos por delante.

—No puedo, no quiero.

—No te quedes ahí, junto a la puerta. Da la impresión de que vas a salir corriendo.

—¿Cuánto tiempo se considera que tengo que aguantar?

—Siéntate. Eso es.

—¡Mamá! Todo es un círculo que da vueltas, ¿sabes? Empieza con algo que machacamos ayer y anteayer y el día anterior: ¿cómo va a poder predicar domingo tras domingo un cura que ha perdido la fe? *Y*: es culpa mía que haya perdido la fe. ¿Cómo puedo yo asumir la responsabilidad de precipitarlo al hundimiento y la miseria? *Y*: tiene que tomarse inmediatamente un somnífero. *Y*: si no se duerme es que los malos pensamientos se han apoderado de él y lo trastornan de tal manera que se echa a llorar. Así que tengo que dar la luz. Y luego... ¿Y luego? ¿Qué será de los *niños* con un padre que no puede cumplir con su deber y que está siempre enfermo? ¿Un sacerdote que no puede predicar? ¿Y qué va a pasar cuando se vea en el púlpito y ante un mar negro de gente con la cara vuelta hacia él? Y que él no tenga nada que decir. Porque en realidad él debería decir la verdad, y la verdad es que yo, Anna, su esposa, o como quiera que haya que llamarme ahora, pues que su esposa lo ha convertido en un miserable tal que ya no puede responder de sus convicciones. ¡Así es, mamá! Y también están los somníferos y que no tiene ánimo ni puede. Diga yo lo que diga, haga lo que haga, todo está envenenado. Me mira con una mirada vacía que se llena de lágrimas, lágrimas de autocompasión... Y entonces dice que es *indigno*. Que es terrible para los niños tener una herencia semejante, que su vida va a ser un infierno. Y dice que, en realidad, lo que quiere es morirse. Pero *no es verdad.* Porque no quiere morir. Tiene miedo a la muerte, eso lo he comprendido, y de lo que se trata es de humillarme, de humillarme. A fin de cuentas, la culpable soy yo, y, al mismo tiempo que él me humilla y me ultraja, mamá, al mismo tiempo yo debo *consolarlo.*

—Quiero preguntarte una cosa, Anna. Y quiero que me contestes con sinceridad. Cuando te casaste con Henrik en contra de mi voluntad y la de la familia, yo preveía dificultades, conflictos, lágrimas. Pero ahora hay algo que no me esperaba. Porque yo estaba segura de una cosa y esta es que él te quería. ¿Qué es lo que ha pasado? ¿Qué es lo que ha disipado su sentimiento? Los hechos manifiestos no bastan para explicar un cambio tan horroroso.

—No entiendo lo que quieres decir, mamá.

—Sí que entiendes, sí. Quiero preguntarte si consideras que tienes algo de culpa en la situación actual. ¡Mírame, Anna! Y contesta todo lo sinceramente que puedas. ¿Tienes algo de culpa en lo que está pasando y lo que os está destruyendo a los dos y amenaza a los niños?

—Sí, tengo culpa.

—Entonces, confiesa tu culpa.

—Yo no me resigno a verme privada de mi libertad, no me resigno a no poder pensar como quiera, a sentirme como quiera. Un buen amigo nuestro, un amigo muy querido, tú sabes quién, Carl, Carl Alderin, que está preparando su examen final de derecho... Bueno, nos dice que no va a terminar esta primavera, claro, es una persona despreocupada. Y añade que no terminará antes de Navidad. Entonces Henrik se pone furioso y le dice que en esas circunstancias no queremos recibirlo en nuestra casa. Y Carl me llama por teléfono y llora y dice que no lo entiende. Y yo tengo que cerrarle la puerta de mi hogar a ese pobre hombre.

Anna se detiene. Se da cuenta de que esa argumentación no ha hecho la menor mella en la madre. Bueno, ¿y?, se limita a decir contemplando a la hija con su mirada azul oscuro, la cara redonda, la frente alta, la voluminosa papada, el pelo blanco y brillante cuidadosamente recogido en un moño. Todo en el menudo personaje que está sentado frente a la hija despide energía y atención.

—Bueno, ¿y?

—¿No comprendes, mamá? De pronto no puedo recibir a un amigo que se siente infeliz. Un amigo común. Hay que castigarlo.

—Ese es un motivo de enojo, pero no es una tragedia. ¿Cuál es el verdadero motivo, Anna?

—Me siento prisionera en vida y me doy cuenta de que nunca podré escaparme. ¡Pero me niego! No pienso someterme. Yo no perdono, no comprendo ni amo ya a ese hombre.

—¿Hay algún otro?

—No... No.

La respuesta es pronta. Anna encara la mirada de la madre de forma directa y sin vacilaciones. ¿Cómo se le puede ocurrir a mamá una cosa semejante?

—Perdona que me lo pregunte.

Silencio.

—Pues eres tú quien me ha educado para ser libre. Fue Ma quien se empeñó en que yo tuviera una profesión. Ma y tía Signe hablaban del derecho de la mujer a una vida propia. ¿Y ahora qué?

—Tres hijos cambian las premisas y sitúan el interés personal en segundo plano. Ya lo sabes.

—Sí.

—Tienes que asumir la responsabilidad de la vida de tus hijos.

—Eso es precisamente lo que quiero hacer. Quiero marcharme, llevarme a los niños, formar un hogar sano y normal. Quiero volver a mi profesión. Si yo me pierdo, se perderán los niños.

—No puedes prescindir de su padre.

Silencio de nuevo. Silencio y silencio.

—No dices nada.

—No sé qué decir.

—Íbamos a hablar con sinceridad.

—Cuando argumentas de esa manera, me quedo sin palabras.

—Tal vez haya motivos.

—Habrá motivos, pero los motivos no tienen por qué ser verdad.

Silencio, silencio. Ahora es muy duro.

—¡Qué difícil es, Ma!

—Sí, es muy difícil. Porque mientes. Y a mí me avergüenza que mientas. Me avergüenza.

—¿Qué hay que saber?

—He sabido hace muy poco que desde hace tres años mantienes una relación con un hombre joven. Sé cómo se llama, sé quién es, conozco a sus padres, pero no diré su nombre.

—¿Cómo te has enterado, mamá?...

—Eso da lo mismo. Hace año y medio le contaste todo a Henrik. Entonces empiezan los problemas. Casi un año más tarde él se viene abajo y lo llevan al hospital. Dicen que por agotamiento. ¿Es así?

—Sí.

—¿Sigues manteniéndote firme en tu relación?

—Sí, así es.

—Henrik quiere continuar con vuestro matrimonio. Quiere retomar su trabajo, quiere intentar...

—Sí. Lo sé.

—¿Te horroriza seguir con él y planeas irte?

—Sí.

—El plan incluye declarar a Henrik enfermo. Tú sostienes que está mentalmente enfermo. Quieres que lo encierren para aparecer inocente frente al mundo.

—Sí.

—Me inicias en tus planes. Mientes y pretendes que te ayude.

—Era la única salida.

—No tengo intención de comentar tu conducta. Al final, cada uno tiene que ser responsable de sus actos.

Anna se ríe brevemente y sin alegría.

—Eso dices siempre, mamá.

Hay distancia, penumbra, caras pálidas, pero también respiración, también latidos. Ira difusa: Tú, que eres mi madre, tú no me has querido nunca. Yo fui por mi camino, camino que tú, mi madre, me habías señalado, pero, cuando te tomé la palabra y fui por ese camino que habías señalado pero luego olvidado, me arrancaste de tu corazón, ya no querías verme. Te he querido y admirado en vano. Así ha sido antes y así es ahora.

Y del otro lado: Ahí está Anna, sentada, mi niña, mi hija, lanzándome todo el tiempo miradas oscuras y sinceras. Yo debería extender la mano y tocarla, sería fácil. Debería tomarla en mis brazos, sería fácil. Sus heridas son las mías. ¿Por qué me quedo mirándola con ojos extrañados, como si fuera una extraña? ¿Por qué me endurezco, por qué pongo obstáculos, por qué aduzco razones que no vienen al caso para cuestiones fundamentales? ¿Por qué no puedo…? Está perdida. Hija mía, querida, ¿por qué no te tomo en mis brazos? Mi hija ha ido siempre por donde ha querido, nunca ha escuchado, ha cortado, se ha apartado, me ha dejado fuera. Me he visto impotente y furiosa. ¿Es esto una venganza? ¿Hay satisfacción en presenciar su desconsuelo? No, nada de satisfacción, pero tampoco confianza.

Crepúsculo. La nieve golpea, húmeda y lenta, la estrecha ventana. Música de piano fragmentaria, lejana, unos compases aquí y allá. Anna mira a su madre, que ha vuelto la cara hacia la languideciente luz del patio. Sí, irreal. Estar en una habitación extraña con un ángulo cortafuego extraño y extraños sentimientos de ninguna parte. Los tonos conocidos, los roces y las llamadas de todos los días están lejos, apenas si existen. Qué es lo que ocurre, dónde estoy, y luego el amor, gastado y profanado, ahora como un dolor. Peso, sufrimiento, dolor. Una enfermedad incurable. Yo, que quiero ser… que creí que era invencible, que era la dueña absoluta de mi realidad. Y el llanto, pero no lágrimas…

—Así que ahora regreso a Upsala con el tren de las siete. Tú te vas a casa con Henrik y con los niños. ¿Cuándo cenáis? Ah, sí, hoy, más tarde, cuando vuelva Henrik, ¿no? Entonces, no nos entretengamos mucho más. Solo quisiera hablar contigo de unas cuantas cosas prácticas, si me concedes unos minutos más.

Karin enciende la lámpara del escritorio y se ajusta las gafas, abre la carpeta y saca con una cierta minuciosidad algo aparatosa facturas, unos cuantos papeles sueltos y un sobre marrón.

—Tu agenda la he buscado en vano en los cajones de tu escritorio, en tus bolsos y en el armario. ¿Estás segura de que no la ha cogido Henrik?

—No lo sé.

—También he llamado a la lavandería de Östermalm y he contratado a las lavanderas para finales de mes.

—Gracias.

—Y que sepas que Ellen no se queda. Por esa razón he acortado el permiso de Evy, así que ya está trajinando en casa, pero Ellen no se queda. Está bastante acabada y, por otra parte, su regreso a casa ya se ha aplazado dos veces, de modo que está muy contenta de volver conmigo a la tranquilidad de Upsala. Es mejor que Evy se encargue desde el principio, ya que va a llevar el peso de la casa. Maj ha pasado un resfriado tremendo, pero ya está repuesta. Ahí tienes a una buena chica de la que puedes fiarte. Pero Ellen ya no está. Tampoco necesitas tres muchachas, ¿no?

—No.

—Antes de venir aquí, me pasé por la tienda de Rörstrand y encargué seis platos de postre del mismo juego que los otros. Los mandarán la semana que viene.

—Gracias.

—Aquí en la carpeta tienes cuentas pagadas, todo está anotado en el libro de cuentas. Me salieron por una diferencia de solo tres coronas.

—Gracias.

—En el sobre tienes algunas cartas que me ha escrito Henrik y que me parece que debes leer, ya que querías saber cómo había sido informada.

—Gracias.

—Ah, sí, antes de que me olvide: he dejado el cucharón de plata para que lo arreglen y lo limpien. En el número uno de la calle Humlegårdsgatan. Lo tendrás dentro de un mes. Tienen mucho trabajo, pero pensé que o lo hacía ahora o no lo hacía nunca. Dijeron que el cucharón quedaría nuevo.

Ya no hay nada que añadir. Anna se levanta, va hacia la silla que está junto a la puerta, se pone el abrigo y toma el sombrero en su mano. Da la espalda a la madre, que permanece sentada junto a la ventana. Quiere decir algo, pero las palabras fallan.

—¡Anna!

—Sí.

—Ven aquí.

Anna obedece y se acerca a su madre, se queda frente a ella como una niña, con la cabeza baja y los ojos huidizos.

—¿Qué me quieres decir, mamá?

—No quiero que nos separemos como enemigas.

—Yo no soy tu enemiga. Al contrario, estoy profundamente agradecida por todo lo que has hecho por mí durante este tiempo largo y difícil. No puedo ni siquiera imaginar cómo habría sido si no hubieras podido ayudarme, así que te estoy muy agradecida. Hice mal en no hablarte de mi relación con Tomas. Hice mal. Sobre todo, porque debí haber pensado que Henrik te informaría. Está clarísimo. Informando a mamá tenía la posibilidad de hacernos daño a las dos. Ha debido de producirle gran satisfacción en muchos aspectos. Dios mío… Dios mío, cómo lo odio. Ojalá se muriera.

Anna habla con tranquilidad, como con una suerte de constatación: Él me sigue como un animal herido, dice que jamás va a dejarme. Dice que no soporta que viva con Tomas. Al mismo tiempo, busca mis escondites, lee mis cartas, escucha cuando hablo por teléfono. Y luego me mira con esa mirada acuosa que yo odio y me habla con esa voz apagada. Mamá no sabe que fisgonea mis libros y hojea subrayados y anotaciones, repasa incluso mi devocionario. A veces se pone como un demonio, pero eso no es lo peor. No, lo peor son las noches insomnes. Entra en mi habitación a la una de la madrugada y me despierta. Toma somníferos, somníferos fuertes. Y entonces se acuesta en el suelo y se retuerce y solloza o se sienta, no hace más que sentarse en una silla junto a la puerta y abre la boca como si quisiera gritar o vomitar. Es tan horrible que me dan ganas de reír. Figúrate si lo que hace es *representar una tragedia.* Figúrate si lo único que pretende es asustarme hasta el abatimiento y la compasión. Y yo digo que haré cualquier cosa para que se tranquilice. Y entonces empieza *ese* ritual. Si esta va a ser la vida que me espera, me niego y me largo, abro la llave del gas o me corto las venas…

La alta y angosta habitación está iluminada por la lámpara amarilla que hay sobre la mesilla de noche, junto a una cama blanca con colcha de ganchillo y altos cabezales. Todo lo demás está bastante oscuro. El crepúsculo de marzo al otro lado de la ventana es como hierro, ha dejado de nevar. El muro cortafuegos se perfila contra el sucio resplandor de la ciudad. Abajo en el patio hay dos mujeres hablando, llevan amplios abrigos y jarros en las manos y hunden las galochas en el lodo. Aquí y allá empiezan a iluminarse las ventanas de las cocinas en la casa del patio de enfrente. Karin sigue sentada en su silla, apoya el codo izquierdo en el cristal del tocador, la cara vuelta hacia la ventana carece de expresión.

Anna está donde la han hecho ponerse, enfrente de su madre, ha dejado el sombrero en la silla. Allí está con su bien cortado abrigo guarnecido de piel, las manos en los bolsillos, dilatados los oscuros ojos pero la voz tranquila, controlada, como si hablara de una tercera persona apenas conocida.

Karin ha dejado que su hija hablara, uno se pregunta si escucha las palabras que se han dicho o si solo capta el tono. No sé muy bien. No, no interrumpe, no mira a Anna. La deja hablar.

—En septiembre, cuando tuvo aquel colapso un domingo, después del sermón, no quiso verme. Se negó a hablar conmigo, se daba la vuelta. Me fui enterando por otros. Sobre todo por la señorita Terserus, tú la conoces. Ella se puso enseguida de parte de Henrik. Fue ella la que se ocupó de que ingresara en la clínica Samariter, la que habló con el profesor Friberger. Fue ella la que gestionó su excedencia. Fue ella la que me hizo saber que Henrik no tenía fuerzas para hablar conmigo, que no tenía fuerzas para verme. Al principio me llevé un susto de muerte, porque tenía miedo de que se le ocurriera hacer cualquier cosa, no sé ni lo que pensaba. Y todo por mi culpa, estaba enferma de culpa. Luego me fue invadiendo la furia y me deshice de todo eso. Me parecía maravilloso perder de vista a ese hombre que me había atormentado durante todo un año, desde el verano pasado, cuando se lo conté todo. Más tarde se hizo el silencio. Yo sabía que estaba bien en la clínica. Tenía médicos y tenía amigos. A mí me informaban a través de Torsten Bohlin y Einar. Pasó un tiempo. Empecé a acomodarme con los niños y estábamos bien, todo estaba tranquilo y bien. Los niños también estaban más tranquilos, nada de insomnios ni de morderse la uñas, nada de alborotos y peleas.

»Entonces empezaron las cartas. Al principio dos o tres veces por semana y poco a poco todos los días. Eran más que nada noticias de la vida diaria, cómo se sentía, quiénes lo visitaban y qué había dicho el doctor. Más adelante las cartas se fueron volviendo más personales. Henrik empezó a decir que quería irse de Estocolmo. Quería solicitar una parroquia de provincias en algún lugar bien al norte. Empezó a hablar de *nuestro futuro*. El tono era condescendiente, de una ternura afligida. Escribía que nos echaba de menos a mí y a los niños. Yo le pregunté al doctor Friberger cómo debía comportarme, él me aconsejó con insistencia que fuera lo más complaciente que pudiera. Y, claro, empecé a contestar sus cartas. Primero con parquedad, luego con más detalle y poco a poco con una especie de piadosa y considerada falsedad. Me obligaba a ello, era la única posibilidad. Y funcionaba bastante bien. Vino a casa a pasar los días de Navidad, ya lo sabes, mamá; funcionó bastante bien, tomaba tranquilizantes continuamente y estaba cansado pero tranquilo. Celebramos la Navidad casi como de costumbre. Fue una especie de teatro fantasmal, pero funcionó. El día antes de regresar a la clínica estuvo a punto de ocurrir una catástrofe irremediable. Henrik, los niños y yo cenamos pronto. Tenía que regresar a la clínica en el tren de las seis y media. El equipaje estaba hecho y todo listo. Dag estaba sentado a la derecha de Henrik, haciendo muecas burlonas, cogió el vaso de agua y bebió como el pastor Konradsen bebe el aguardiente, una broma que suele hacer bastante gracia y le reporta risas benévolas. Esta vez le salió mal. Se atragantó con el agua, tosió y se le cayó el vaso, que se hizo añicos. Trozos de cristal y agua salpican la mesa. Henrik reacciona con mucha violencia a los ruidos súbitos y le dice con severidad al chico que procure portarse mejor. El chico no contesta, pero agarra una cuchara y golpea el plato con ella. Henrik, fuera de sí, le dice que se vaya de la mesa. Dag se queda callado unos segundos y luego dice con absoluta calma: "Está bien, así me libraré de verle a usted, padre". Además, todos pensamos lo mismo. "*¿Qué* pensáis vosotros?", pregunta Henrik, también muy tranquilo. Aquí todos piensan que es estupendo que papá regrese a la clínica. Luego se levanta, se va de la mesa, pero pega un portazo. Se arma un escándalo tremendo. Henrik va tras Dag. Se oyen gritos espantosos en el cuarto de los niños. Azotó al niño con un sacudidor de alfombras. Nos quedamos sentados a la mesa como paralizados. Al poco rato, cuando se acallaron los gritos, fui al cuarto de los niños. Dag estaba tirado de bruces en el suelo. Estaba completamente callado. Henrik se había encerrado en su cuarto de trabajo. El chico estaba… ensangrentado, desgarrado, despellejado. No puedo hablar de eso…

»Henrik volvió a la clínica. No nos dirigimos la palabra. No hubo cartas durante largo tiempo.

»Tío Jacob recibió la renuncia formal de Henrik: no quería seguir siendo sacerdote en la parroquia porque se consideraba inepto y quemado. El tío fue a verlo al hospital y le pidió que pospusiera su renuncia. Después de mucho hablar que si esto que si lo otro y de mucho agobio prometió no llevar a cabo su propósito. A finales de febrero las cartas cambiaron de tono. Se hicieron abiertamente implorantes. Hablaba de cómo habíamos madurado a través del sufrimiento y salido purificados de la adversidad. Yo no sabía qué contestar y seguí mintiendo a medias. Adormecía mi temor al futuro, adormecía mi angustia, bueno, me apropiaba de la alegría que había disponible. Y me veía con Tomas siempre que podía. No podía ser con mucha frecuencia, claro, pero no importaba, de todas maneras era irreal. O bien los ratos con Tomas eran lo único real y todo lo demás irreal, no sé muy bien. A principios de marzo… bueno, ya sabes, nos fuimos Henrik y yo a Solberga.

»Lo consideraban "curado". Ya sabes. Iban a reducirle los somníferos y los tranquilizantes y él se iría acostumbrando poco a poco a una vida normal junto a mí… El doctor Friberger se fue a Estados Unidos a dar conferencias a una universidad y lo sustituiría el doctor Thorling, lo cual no era precisamente una catástrofe, pero… bueno, ya sabes, mamá. Tú has hablado con él, pero no sabes lo que pasó allá arriba, en Solberga. Yo no podía escribir, porque Henrik vigilaba mi correspondencia y exigía leer mis cartas. Fue un infierno.

»De puertas afuera, con los otros huéspedes, con la encargada y con el personal, era encantador, atento, parecía contento y ecuánime. Era terrible asistir a aquella doblez impenetrable. Solo te diré que es algo que a la larga puede resultar muy desconcertante, porque uno piensa que *puede* parecer sano, normal, bondadoso, encantador y alegre. Es que *puede*. Bueno, no sé, pero pienso en mi propia doblez y coacción y en lo que pasaría si yo permitiera mi ruina. ¿Y si yo… empezara a gritar? ¿Por qué Henrik… *está* enfermo… está tan desesperadamente enfermo que nunca se pondrá bien? ¿Sabe *verdaderamente* que está enfermo? ¿O todo esto no es más que un juego para conseguir ventajas y poder sobre otras personas, sobre mí? No, no creo que sea consciente, no lo creo, tan infame no es, no quiero creerlo. Y a mamá le llegaban todo el tiempo buenas noticias de Solberga. Excepto aquella carta, la única, que pude pasar de tapadillo porque había conseguido que a él le dieran un somnífero. Comprendo que aquella carta resultara confusa. No creo que el doctor Thorling nos ayude para nada. Henrik le caerá bien y le parecerá alegre, lleno de energía y con ganas de empezar a trabajar. Así es. No hay salida, mamá. Y a veces me pregunto cuánto temor y angustia y desesperación puede albergar una persona antes de romperse. Sí, claro, yo aguanto y aguanto. Y los días pasan. Pero ¿de qué sirve? ¿Qué sentido tiene, en el fondo? ¿Hay un patrón oculto que no logro esclarecer? ¿Seré castigada? ¿Seré perdonada o el castigo es para siempre? ¿Y por qué han de ser castigados los niños por un delito que yo cometí? ¿O será que mi castigo consiste en el sufrimiento de los niños? Estoy sumida en la oscuridad, en lo más profundo de la oscuridad. Y no hay mejoría. Si existe un Dios debo de estar a una distancia infinita de ese dios. Por eso…

Calla.

—Ibas a decir algo.

—Por eso sigo viéndome con Tomas. Noto, por supuesto, que tiene miedo. Él se enamoró de una mujer mayor, maternal y bondadosa que escuchaba sus pensamientos y su música. Era tan confiado y tan leal… Y, de repente… es que casi da risa: una tía lasciva, terrorífica… que se aferra a él. Quizá lo que quiere es librarse de mí, aunque no se atreve… no se atreve a ver… no se atreve a dejarme por más que le suplique: *¡Tomas, por favor, acaba con esto!* Vete, déjame si te soy una carga. No quiero destruir tu vida. Digo todo eso, pero no son más que fórmulas. Porque tampoco soy sincera con él. Porque en realidad lo que quiero es gritarle todas esas banalidades elementales: no te vayas, no me dejes, lo dejo todo, todo lo que quieras. Dejo a los niños y dejo mi vida con tal de que me aceptes y pueda estar contigo. *Esa* es la verdad. Pero tampoco es toda la verdad, porque soy ridículamente crítica. Se dice que el amor es ciego, pero no lo es en absoluto: el amor es clarividente y sensible. Y ve y oye más de lo que se quisiera ver y oír. Y yo veo que Tomas es un buen chico que tiene calor, sentimientos y alegría, pero es un poco sentimental y a veces dice tonterías que finjo no oír. Y entonces pienso que cómo sería si él y yo… No iba a funcionar en absoluto… porque es un poco… un poco falso, y yo noto cuando miente. Pero no quiero abochornarlo y ya está armado el teatro. A veces me pregunto… me pregunto seguramente si *soy* sincera ahora mismo. Y entonces la verdad misma se adelgaza y desaparece, no hay manera de captarla. Mamá, estoy tan desorientada… No hago más que hablar y hablar, pero casi siempre estoy asustada y cansada.

Llaman a la puerta. Sin esperar respuesta, la señorita Nyländer asoma su pálida cara, empolvada de blanco, y dice que llaman por teléfono. Aquí fuera, en el vestíbulo. Venga usted.

—Le di el teléfono a Evy por si pasaba algo —dice Karin, pero Anna no la oye. Ya está al teléfono: Diga.

Sí, soy yo. Claro, claro, gracias, Evy, ha hecho bien en llamar. Llego enseguida. Dentro de diez minutos estoy en casa. Sí, gracias, está bien.

Cuando Anna entra en la habitación, la señorita Nyländer está hablando con su madre. Se retira al momento y cierra la puerta tras de sí. Los ojos negros relumbran un poco de educada ansiedad. ¿Desean quizá que llame a un coche?, dice desde el otro lado de la puerta. No, muchas gracias, no es necesario.

Y Anna se vuelve hacia su madre y dice que Henrik ha llegado antes de lo previsto y qué va a…

—Pero, hija querida… Solo has ido a dar una vuelta por la ciudad. Y llegas a casa y te sorprendes… No es más.

—Mamá, debes acompañarme. Si no, Henrik va a creer que…

—No, eso sí que no, no quiero ver a Henrik, no me apetece en absoluto.

—Qué voy a hacer. ¡Qué voy a hacer!

—Vete enseguida, Anna.

Está de pie, mirando desesperada a su madre, que la agarra con fuerza del brazo. Luego baja la cabeza, toma el sombrero de la silla y se vuelve al espejo.

—Querida hija mía, cuídate.

La frase surge de repente, tal vez igual de sorprendente para ambas mujeres. Anna echa los brazos al cuello a su madre, que no corresponde al abrazo, pero le da palmadas en la espalda.

Se queda de pie unos segundos. Luego Anna se va deprisa, está a punto de olvidar el bolso, la madre se lo indica y Anna dice que sí con la cabeza.

Así es. Ahora Karin está sola en la pequeña habitación de la pensión. La música de piano allá dentro, tras paredes y suelos, es el último movimiento de una sonata de Beethoven interpretada con brío salvaje. Se lleva la mano a los ojos. No es que llore, eso ha dejado de hacerlo, pero es dolor.

Cuarta confesión (mayo de 1925)

Anna lee en voz alta:

—«Molde goza de una situación extraordinariamente hermosa, con una vista magnífica sobre el fiordo y la sierra de Romsdal cubierta de nieve. Las casas son por lo general de madera y están rodeadas de una vegetación exuberante, casi como en el sur. En verano, Molde es el centro de un tráfico turístico muy animado. La ciudad obtuvo los derechos de puerto comercial en 1742 y fue gravemente devastada por un incendio en 1916…».

Han viajado mucho cada uno por separado y por sus propios caminos. El lugar de encuentro convenido es Åndalsnes, la estación término del tren de Oslo. Tomas ha esperado un par de días. Ha vivido en una pensión en el puerto. La última parte del viaje a Molde, pues, van a hacerla juntos a bordo del pequeño vapor Otterøy. Tomas fue a esperarla al tren de la noche, que llegó puntual. Les dio tiempo a desayunar en la pensión (pero ambos estaban tan nerviosos ante su arriesgado proyecto que apenas pudieron comer nada). A continuación fueron paseando despacio hasta el muelle. Las maletas de Anna las llevaba un mozo de cuerda. Tomas ya había embarcado su insignificante equipaje.

Sopla una brisa fresca, suena la sirena del barco, se retira la pasarela, se sueltan las amarras. El pequeño vapor se va alejando con cuidado del muelle entre barcas de pesca, barcos de carga y balandros. Dentro, en el salón en penumbra, forrado de felpa y con olor a humedad, ha encontrado Anna un folleto sobre el destino del viaje, la ciudad de Molde, en el extremo del fiordo.

De este viaje han hablado durante mucho tiempo, varios meses. Pero por fin van a llevarlo a cabo ahora. Oficialmente, Anna va a visitar a su amiga Märta Gärdsjö, que ha sido desde hace años su única confidente.

En Molde se reúnen en un congreso misioneros de toda Escandinavia, un centenar de hombres y mujeres procedentes de campos de trabajo de África y China. Märta acaba de regresar del Congo y vive provisionalmente en casa de su tía. Hace tiempo que le había propuesto a Anna que fuera a pasar con ella unos días. Cuando Anna le preguntó cautelosamente por carta si tenía inconveniente en la posibilidad de que Tomas estuviera en la ciudad justo al mismo tiempo, la señorita Gärdsjö le contestó que sería muy bienvenido y que el congreso se había trasladado a Trondheim, donde se celebraría una solemne misa ecuménica en la catedral. Eso significaba a su vez que Anna y Tomas podrían disponer de dos días para ellos solos en la vieja mansión. La tía de Märta, viuda de un ministro, cuidaba su reumatismo en un balneario del Tirol.

No hay muchos pasajeros a bordo. En este preciso instante están solos en el pequeño salón, Anna ha dejado de leer la guía de viaje. Su mano busca la mano de él, cierra los ojos y posiblemente se interroga acerca de qué es lo que siente y comprueba con sorpresa que no siente nada en absoluto. Puede que un hambre mordiente, porque no tuvo ganas de desayunar.

Ya han salido del fiordo y el mar brilla en las ráfagas de lluvia con el viento en contra, el barco se inclina y chorros de agua plateada bañan las ventanas. La reluciente lámpara de latón se balancea indolente en su gancho. Se oyen crujidos y chasquidos. Voces de mujer al otro lado de la pared del restaurante. Deben de estar poniendo la mesa para la cena.

Tomas tiene cara de muchacho, abierta, franca, ojos dulces de un castaño verdiazul. La boca es grande y obstinada, la nariz poderosa, las orejas pequeñas y femeninas. Tiene el abundante pelo peinado muy liso hacia atrás. Es alto, flaco, con grandes manos de pianista. Se muerde las uñas. El pulcro traje está algo gastado, hace brillos, parece habérsele quedado pequeño, lo que acentúa la impresión de su juventud. Sonríe con facilidad. Su voz es el expresivo y educado instrumento de un músico. Habla con rapidez y se expresa bien.

Anna lleva falda y una blusa con cuello ancho y vuelto y un medallón de oro con fina cadena en torno al cuello. Las mangas son anchas y con puños del mismo color. La falda le llega al tobillo y el cinturón es ancho, bordado y con una hebilla de piel. El pelo lo lleva como siempre esta temporada, pero recién lavado y por ello ingobernable. Tiene las mejillas rojas, como si tuviera fiebre, se toca una mejilla con el dorso de la mano, está ardiendo, seguro que tiene fiebre.

Hasta el último momento, Tomas ha deseado que ella no llegara, que se pusiera enferma, que alguno de los hijos enfermase, que el viaje de Henrik se suspendiera. Ya estaba en la estación, paseando arriba y abajo, una hora antes de la llegada del tren de Oslo. La sinceridad no era precisamente su rasgo más característico, pero enseguida iba a volverse hacia ella para decirle... decirle ¿qué? Entonces llegó el tren con estruendo y fragor y el suelo se estremeció, igual que él. Y la larga serpiente de vagones se detuvo en la luminosa luz de la lluvia y el humo salía lentamente de la locomotora y entre los vagones, y de un lado a otro a través del humo iba la gente con afán y premura por el andén adoquinado. Y Tomas pensó en escapar. Era la última oportunidad de evitar algo abrumador que tal vez terminaría por destruirlo. Sin embargo, ella surgió a su espalda. Lo llamó suavemente, como si intuyera su pánico y no quisiera asustarlo más. Al volverse y tenerla a su lado, se esfumó el pánico. Ella estaba tranquila y seria, completamente tranquila, eso parecía, al menos, y entonces sonrió levemente y señaló las maletas a derecha e izquierda de su agraciada persona. Deberíamos buscar a un mozo. Sí, sí. Mira, allí va uno. Oiga, estas dos maletas van para el barco de Molde que sale a las dos. Le pagaré ahora. Ah, ¿no? ¿Cuando nos veamos en el barco? El mozo sube las maletas a un carrito en el que hay otras maletas y escribe «Molde» con tiza.

Una vez resuelto esto, vuelven a estar frente a frente, sonrientes y serios: Bueno, nos saludamos, ¿no? Buenos días, querido Tomas. Buenos días, Anna. Se dan la mano.

—Has sido muy amable viniendo a esperarme. Habíamos quedado en vernos en el barco.

—He esperado varias horas. Dos horas, me parece.

—Y seguro que deseabas que no apareciera.

Anna se echa a reír de repente y le pasa rápidamente la mano enguantada por la mejilla. Bueno, pues nos vamos, dice resuelta. Y se van.

Ruidos sordos de máquinas. Lentas inclinaciones. La madera crujiente del salón. Las voces en salas contiguas. El agua se arremolina contra las ventanas.

—¿Te mareas? —pregunta Tomas

—No, no creo. Una vez, hace mucho, pasamos el canal de la Mancha en plena tempestad. Mamá, Ernst y yo. Todos se marearon menos Ernst y yo.

—¿Tu madre también?

—Sí, sí, ella también, figúrate.

Silencio. Intimidad.

—Bueno, Tomas. Me parece que debemos hablar un poco de algunos *detalles prácticos.*

—Ya me figuraba yo que sería necesario.

—Como te escribí, estamos invitados a pasar unos días en casa de la tía de Märta, en las afueras de la ciudad.

Märta y yo somos amigas desde que éramos pequeñas, fuimos juntas al colegio en Upsala. Ella es la única que lo sabe. Va a estar de viaje los próximos días y ha dejado la llave en casa de una señora que vive en el puerto.

—¿Y no te parece bien?

—No, no me parece muy bien. No quiero mezclar a Märta en nuestro drama si pasa cualquier cosa. Quiero que vivamos en un hotel. Ese entorno es suficientemente impersonal. ¿Qué te parece?

—Pues no sé, así de repente.

—Por eso he reservado habitación en el Gran Hotel… Una habitación doble y una individual.

—Pero yo no creo que pueda…

—¡Tomas! Esto es cosa mía. Te empeñaste en pagar tu viaje, y eso ya es demasiado.

—¿No tienes miedo?

—Si lo pienso, me da miedo. Por lo tanto, no pienso. Hago planes, pero no pienso. Lo único que me asusta…

—Dilo.

—Lo único que me asusta ahora mismo es que tenemos que darle a nuestro amor unas proporciones gigantescas para justificar lo que hacemos. ¿Y si nuestro amor no soportara semejante carga?

—¿Eso es lo que piensas?

Ella le toma la mano y se la lleva a los labios, la besa.

—Tienes una mano buena, Tomas. Al principio, quiero decir, antes, te miraba la mano sin que lo supieras y pensaba que esa mano…

—¿Sí?

—No quiero decírtelo. Ahora vamos a hablar de otra cuestión práctica.

Le suelta la mano y agarra el bolso que está a su lado en el sofá. Lo abre, busca, encuentra su pequeño monedero, abre un compartimento disimulado y saca un anillo de matrimonio entre el pulgar y el índice.

—Esta es la alianza de mi abuelo. Me la dio como recuerdo. Te la presto por unos días. No estaría bien que el pastor Egerman no llevara alianza. La gente del hotel podría notarlo.

—Estás en todo.

—Pareces triste.

—No, no. Pero esto del anillo… No sé.

—Tienes que ser sensato, Tomas. El anillo es una cuestión práctica, nada más. Por otro lado, tiene su gracia. Me gustaría saber qué piensa mi abuelo allá en el cielo…

—Que su nieta es una pagana impía, salvajemente disoluta.

—Anda, coge el anillo, Tomas.

—¿Algo más?

—Aquí tengo una carta para Märta en la que le damos las gracias por su atención pero le decimos que no necesitamos su casa.

El anillo está en su mano abierta. Él vacila. Ella le pone el anillo en el dedo con determinación… Un asomo de impaciencia.

—Ahora corremos un velo sobre estos dos días nuestros. Nadie sabe. Nadie ve. Es como un sueño. Nos corresponde a nosotros procurar que no sea un mal sueño.

—¿Lloras? —pregunta Tomas con voz casi inaudible.

—No lloro casi nunca. Dejé de hacerlo hace mucho tiempo.

—Yo también lo he deseado.

—A veces pienso: pobre Tomas mío, debe de sentirse horrorizado ante tantos sentimientos. Sus sentimientos y los sentimientos de Anna. Si ha deseado algo, ha sido tal vez otra cosa… No sé, tal vez algo más sereno, hermoso, libre de engaño. No esto, no, si *no voy* a llorar, si no estoy triste, en realidad. No tienes que consolarme.

Él le echa el brazo por los hombros y la atrae hacia sí, ella le deja, pero se libera casi enseguida: No, dice con firmeza, y sacude la cabeza, *no*. No tengo en verdad por qué quejarme. Ahora estoy viviendo los mejores momentos de mi vida. Ven, salgamos a ver las olas y la tempestad y las montañas. En la cubierta de popa habrá seguramente un resguardo contra el viento. ¡Vamos, Tomas!

El vapor Otterøy hace escala en dos puertos antes de llegar a Molde. Primero dobla al este y entra en el angosto y profundo fiordo Lang. Al final hay un pueblecito que se llama Eidsvåg. Allí se detiene una hora para cargar y tomar pasajeros, hecho lo cual sale del fiordo, pone rumbo al norte y hace escala en el puerto pesquero de Vetøy. Finalmente, el pequeño vapor se encamina a Molde, adonde suele llegar al anochecer.

Tomas y Anna han estado solos en el pequeño salón. Se han adormilado un poco, se han despertado, han vuelto a dormirse recostados en la felpa roja con olor a humedad, tapados con sus abrigos.

El barco está ahora en el muelle de Eidsvåg, llueve suavemente. La montaña protege del viento. El ruido de carga y descarga se mantiene lejano. Las voces, los pasos pesados y las órdenes de la tripulación y de los escasos pasajeros llegan a ellos vagamente a través de la quietud.

Se oyen sin embargo pasos fuera del salón. Llaman a la puerta de manera decidida. El intruso no espera respuesta, sino que entra y se queda junto a la puerta.

Es una mujer alta de unos cuarenta años, vestida con el severo uniforme de las diaconisas suecas. Paraguas, galochas de tacón. Guantes. Buen bolso. Tiene la cara grande y abierta, la frente ancha, el pelo peinado muy tirante hacia atrás, los ojos muy abiertos y muy azules. Nariz poderosa, bien proporcionada. La boca es contradictoria. Los labios son suaves y bien formados en el centro, pero terminan antes de llegar a las comisuras, en las que todo se transforma en determinación. Sin ser guapa, la señora es atractiva. Cuando sonríe (y es lo que está haciendo en este momento) resulta casi adorable. A Anna se le enciende la frente. Tomas no expresa nada, sufre posiblemente un cortocircuito mental.

—¡Märta! —dice Anna.

—La misma que viste y calza —contesta Märta, y apoya el paraguas en una silla, deja el bolso en otra, los guantes encima del bolso, se quita el sombrero de uniforme, lo pone en la mesa que está debajo de la lámpara, se desabrocha el largo abrigo. Mientras hace todo esto habla con un marcado acento de la región de Småland—: Buenos días, Anna; buenos días, señor Egerman. Ya me imagino que estáis sorprendidos. Mi querida Anna, a pesar de todo pareces contenta y tienes buen aspecto. Y buen color en las mejillas.

Abraza a Anna con rapidez y torpeza, estrecha la mano de Tomas, que se levanta y vuelca la taza de té.

Cuando todo esto ha terminado, se quedan de pie unos segundos, apenas pensando, sino simplemente azorados: ¿Nos sentamos?, propone Anna con vacilación. ¿Quieres un té? Voy a pedírtelo. Hay pan, mantequilla y fiambres, ya lo ves. Y, si quieres, coge mi taza si...

—No, gracias. Llegué hace unas horas y aproveché para darme un atracón en una hospedería, así que no, gracias. En cambio, si al señor Egerman no le importa, me gustaría hablar a solas contigo. ¿Tenéis camarote? No, claro, ya me lo figuraba. Por eso compré un billete con camarote, para que Anna y yo pudiéramos retirarnos un rato. El señor Egerman puede quedarse aquí, en el salón, por ejemplo leyendo un libro. Puedo prestarle mi lectura de viaje.

Saca del gran bolso un mamotreto. Tenga, seguro que no lo ha leído, señor Egerman. *Las obras del amor,* de Kierkegaard, escrito en 1847 y traducido, recién publicado y comentado por Torsten Bohlin.

—Si tenemos que hablar de algo, quiero que Tomas esté presente. Es necesario.

—Lo único absolutamente necesario es que tú y yo hablemos a solas.

—Haz como dice tu amiga.

Anna mira asombrada a Tomas, pero inclina la cabeza en señal de asentimiento. Las dos mujeres abandonan el salón, después de que Märta recoja con cierta meticulosidad sus cosas.

Cuando se cierra la puerta y las dos figuras desaparecen, Tomas se queda de pie unos segundos sin saber qué hacer. Se desploma en el sofá, mete las manos en los bolsillos y silba bajito un largo. Luego cierra los ojos, escucha el pulso que late detrás de la oreja y la máquina que vibra a lo lejos, en las profundidades del barco.

Han dejado el puerto y ganan velocidad. La intensa luz de mayo se abre paso, las gotas de lluvia que resbalan en las ventanas del salón relucen. Súbito estremecimiento, súbito dolor: este no soy yo, esto no me corresponde, yo soy pobre, seguiré siendo pobre, más pobre, paupérrimo. Bienaventurados los pobres de espíritu. ¿Somos en realidad tan bienaventurados?

—He tomado un barco rápido a las seis de la mañana para alcanzaros. Quería entregaros la llave personalmente para no involucrar a la señora Beck y dar lugar a que empezara a preguntar.

—Precisamente acabamos de decidir ir a un hotel. Ya he reservado habitaciones. No quiero vivir con Tomas en una casa ajena con muebles ajenos. ¡Tienes que comprenderlo! Esta es la primera y quizá la única ocasión en que podemos estar juntos y a solas.

—Pero ¿cómo se te ocurre pensar que una habitación de hotel en la calle principal de la ciudad, con tabiques delgados, servidumbre curiosa y miradas burlonas de complicidad, cómo se te ocurre pensar que eso es mejor que la tranquilidad de una vieja casa rodeada de un gran jardín?

Anna está sentada en una banqueta con la espalda apoyada en la pared, la cabeza baja. Juega con un botón de adorno que está a punto de soltársele del puño.

La habitación se balancea suavemente, de vez en cuando la escotilla se cubre de agua verde, titilante.

—Estoy dispuesta —dice Anna.

—¿Dispuesta? ¿Qué quieres decir con eso?

—Hace diez años. Era un día nublado y sereno de principios de septiembre. Me encontraba junto a la ventana de la casa rectoral que daba al río, negro como la tinta. Y empezó a nevar plácidamente. Todo estaba completamente silencioso a mi alrededor, por todas partes, no había nadie. Henrik y yo estábamos enfadados. Él callaba un día y otro día. Yo lo esquivaba y le daba la espalda. Llevábamos casados dos años. Dos años, Märta, y habíamos tenido un hijo. Junto a la ventana, en aquel silencio, comprendí, ¿te das cuenta?, *comprendí* la gravedad de lo que había ocasionado. Me acuerdo muy bien de que pensé que esa no era mi vida y aquel hombre no era mi marido y que el único ser que tenía derecho a exigirme algo era aquel niñito que dormía en su moisés en el dormitorio. Vi que todo tenía que deshacerse. Estaba clarísimo... Y sentí una especie de alegría. Sentí que iba a salir adelante, que en realidad era capaz de salir adelante con lo que me propusiera. Habrá lágrimas y sufrimientos. Pero yo no me resigno. No pienso seguir aguantando y contemplando a ese hombre esquivo y gruñón. No pienso seguir permitiendo que me humille con sus observaciones mezquinas y quisquillosas. Tenía veintiséis años y, en ese instante decisivo, supe cómo deseaba que fuera mi vida.

»Así que me fui a Upsala con el niño. Me figuraba, claro, que mamá se alegraría, puesto que durante años había sentido animadversión por Henrik y por nuestro matrimonio. Yo creía que regresaba a casa. Pero me equivoqué. Mamá me dijo enseguida que naturalmente podía quedarme unos días, pero que no estaba dispuesta a alojar a una esposa que había abandonado a su marido, y que mi deber era, evidentemente, volver junto a Henrik, y que yo había hecho mi elección y que una elige *una vez* y no hay otras oportunidades. A los tres días regresé. Dos años más tarde, durante la primavera de 1917, intenté huir de nuevo. Esa vez vino Henrik a buscarme y luego nos trasladamos a Estocolmo. No voy a exagerar. Y no quiero ser injusta. Nuestra vida cotidiana no ha sido un infierno. Nos convertimos en dos caballos percherones que arrastrábamos juntos una pesada carga. Mi sometimiento no ha sido demasiado insoportable. No es eso lo que quiero decir. Pero entonces apareció Tomas. Hace casi un año, sí, fue por San Juan del año pasado. Y entonces ocurrió lo que se conoce como «adulterio», si entiendes a lo que me refiero. De pronto no había tiempo de pararse a respirar. Y luego este viaje. No creas que es un capricho surgido así, sin más. Este viaje tiene… no sé cómo puedo explicarlo… Este viaje tiene que ver con la muerte. Es que no tengo palabras para expresar lo que quiero decir. Pero es así, es doloroso descubrir la propia soledad… Me refiero a *la soledad absoluta*: la soledad de la muerte, la soledad del niño. ¡Lo sé, Märta! Tú no estás nunca sola. Tú vives en la mano de Dios. Yo lo he intentado muchas veces, pero no he alcanzado nunca esa intimidad. Eso es… *sola* es la palabra justa y clara. Y entonces aparece Tomas en mi soledad. Y ahora los dos podemos decir: No estamos solos. —Se echa a reír—. Bueno, no sé qué decir, solo vale la pena decir cosas como: estoy de buen humor, no estoy bien, tengo sueño, estoy contenta, dame la pelota, te dejo mi muñeca. Lo siento, pero dudo que valga la pena decir “lo siento”, puesto que a nadie le importa…

—Cuando me fui de Molde esta mañana, tenía el equipaje lleno de consideraciones. No creo que morales… No, curiosamente de esa índole no las he tenido en ningún momento. No, lo que sentía era curiosidad por el aspecto de Tomas… Lo recuerdo de niño, ¿sabes? Su madre también iba a hacerse diaconisa y somos de la misma edad. Después ella se casó y luego nació Tomas… Bueno, es algo que no viene a cuento. Tenía curiosidad por ver cómo era tu Tomas en versión adulta. Y también quería darte la llave. Y también quería que regresaras a casa indemne y que trazáramos juntas un plan por si a alguien se le ocurriera preguntar algo. Y también tenía ganas de verte, de verdad. Siempre me parece que eres mi hermana pequeña y que te tengo que cuidar. Seguro que además estoy un poco celosa. Sí, sí, digo que estoy un poco celosa de Tomas, pero no tienes que preocuparte de eso. De modo que me parece que fue una tontería mía venir así. Pero es bastante típico, yo creo. Soy de lo más sensata y de pronto me lanzo. Perdóname.

—Hazme el favor de darme la llave.

—¿Qué? ¿La llave?

—Déjate de preguntas. Dame esa maldita llave, por favor.

—He comprado todo lo que podéis necesitar, porque es sábado. Hay leña para las chimeneas y carbón para la estufa y queroseno en las lámparas.

Anna toma la llave y la mete en su bolso.

—Bueno, entonces, vamos junto a Tomas. Estará preguntándose qué hacemos.

—Y yo vuelvo de Trondheim el martes por la mañana. Ya me encargaré de la casa.

Anna abraza a su amiga. Están muy juntas y se mecen consolándose con ternura.

La casa de los Borkman se encuentra a un par de kilómetros, en las afueras de la ciudad, al pie de la montaña. El edificio es el resultado de la fe en el porvenir característica de la década de 1880 y de la alegría arquitectónica. El amplio y descuidado parque está poblado de dudosas copias de esculturas clásicas. Algunos viejos frutales están ya en flor, los senderos de arena siguen cubiertos por las hojas del año pasado. En los arriates de la pared sur de la casa resplandecen flores de primavera.

Dan la vuelta en torno a la casa y Anna abre la puerta de la cocina; son más o menos las siete de la tarde del sábado. Ha dejado de llover, el viento se ha calmado y un desabrido frío baja de la abrupta falda de la montaña. A lo lejos se oye el tenebroso fragor de la cascada, que no está a la vista pero que se siente igual. El sol se pone tras la montaña, pero brilla intensamente sobre las formaciones nubosas del oeste, la luz tiene la dulzura propia de mayo, sin sombra. Todo ello, junto con la gastada elegancia de las grandes habitaciones atestadas de muebles y los efluvios de antigua tristeza y ramos de rosas mustias desde hace tiempo, le inspira a Anna un súbito sentimiento de desdicha. Hay luz eléctrica, bombillas somnolientas que dan un pálido resplandor amarillento y que ponen despiadadamente al descubierto la miseria de la casa…, su grandeza irremediablemente pasada.

Se hunden en un sofá demasiado mullido en el salón de altos ventanales y pesados cortinajes abiertos al crepúsculo de mayo del jardín y a los árboles en flor. Se toman las manos: Ya estamos lejos. Ya hemos realizado nuestro sueño. ¿O es esta la burlona versión demoníaca de nuestro sueño? ¿Estamos al menos conscientes o nos ha vencido nuestra osadía con esta sensación de ahogo y esta palidez? ¿Qué es lo que nos pasa? ¿Hemos caído en una trampa tendida con cariño y discreción por una amiga querida? ¿Es esto algo ridículo, nos reímos o ha llegado ya la hora de llorar?

En medio de este creciente desconsuelo, que no es en absoluto elegíaco, Anna reacciona con sentido práctico: Creo que necesitamos algo de comer y, sobre todo, algo de beber. Creo que Märta mencionó dos botellas de vino que había puesto en el armario de hielo. Ven, amigo mío, hagamos frente común. No vamos a ser ejecutados al amanecer, ¿no? La verdad es que estamos en un *viaje de placer*, Tomas.

Anna se ríe de la imagen de sus caras tristes que puede divisar en el espejo de marco dorado y manchado por las moscas del salón. Anna se ríe y Tomas tiene que reírse también a pesar del pánico. Están tomados de la mano y comprueban la veracidad del testimonio del espejo. Al contemplarse, y con la repentina alegría, surge de nuevo la intimidad. Tomas la abraza y la besa.

Ana responde, pero se frena y lo aparta de sí con suave firmeza.

Está de pie, con la cabeza inclinada y la mano en su hombro… No, ahora no, tenemos todo el tiempo del mundo. ¿No es asombroso?

Muchos años atrás la señora Borkman, esposa de un ministro, vivía en esta mansión con muchos sirvientes, muchos invitados, numerosos parientes, unos cuantos amigos eminentes y algunos aduladores bien educados. La cocina tiene las dimensiones correspondientes. Hay de todo en un plural excesivo salvo el poderoso fogón. Pero, por lo demás: despensas, fresqueras, armarios de hielo, fregaderos, contadores de gas, relojes de cocina, montacargas de servicio, timbres, tubos acústicos, mesas de trabajo, mesas para comer, quinqués, mesas para amasar, sillas altas, sillas bajas, banquetas, bancos, ventanas al jardín de la cocina y sin cortinas, un vasto suelo sin alfombras, calentadores de agua, depósitos de agua fría, pilas de fregar, armarios de cristal llenos de toda clase de avíos, enseres de cocina, vajillas de diario y vajillas de fiesta, objetos de plata y recipientes de cerámica.

Han puesto la mesa, han comido y bebido en la larga mesa que está en mitad de la habitación, con su tablero de madera bien fregado. Han encendido algunas velas y están sentados uno frente a otro. Los delicados vasos de vino están llenos, las botellas frente ellos. Uno de los dos está bebido: Pues sí, Tomas, tu Anna está un poco bebida y has de saber que *tal cosa* no ocurría desde hace tiempo. Yo nací bajo el signo de Leo…, en realidad soy hija de mi madre, y mi madre, ¿sabes, Tomas?, ella no tiene miedo. ¿Tienes *tú* miedo de mí?

—A veces, sí. A veces me asustas.

—¿Qué es lo que te asusta?

—No lo sé. No pienso en ello.

—Ah, no. Tú no piensas en ello.

—Me da miedo cuando tú…

—¿Cuando tomo decisiones?

—Algo así, sí.

—¿Quieres un poco más de vino?

—Sí, gracias. Qué bien se está.

—Sí, se está muy bien. No pienses en el día de mañana… Además, nunca más volveremos a hacer planes.

—¿Te arrepientes de nuestro viaje?

—No. Bueno, sí, pero no como tú crees.

—¿De qué manera, pues?

—No lo puedo decir.

Ella le besa la mano y la aprieta contra su cara, la besa otra vez, se la pone en la frente:

—¡Vamos, amor mío! Vamos a ocupar el dormitorio y la cama de la señora ministra antes de que nos falle el ánimo.

Otras habitaciones habrían sido más adecuadas, pero Märta les había preparado aquella cama en el dormitorio limpio y caliente de la ministra. El papel pintado de las paredes, seguramente muy costoso, tenía un dibujo de rosas encendidas, la chimenea francesa era una torre de reflejos verdes coronada de conchas, caracolas y serpenteantes algas. La cama, reluciente, negra, muy ornamentada, se elevaba majestuosa en el centro de la habitación. Un dosel con muchos pliegues flotaba sobre los edredones y almohadas de plumón del lecho. Los cuadros representaban escenas campesinas: las faenas de la cosecha, hermosos caballos y niños bulliciosos vestidos con trajes regionales. Había también un retrato enmarcado en negro del ministro, difunto desde hacía varios decenios, un hombre corpulento pero majestuoso, de pelo gris, pobladas patillas y barba, nariz grande y mirada imperiosa. Sobre el bien cortado uniforme se acumulaban condecoraciones de procedencia nacional y extranjera. Las cortinas de terciopelo bordado de las altas ventanas estaban corridas, ocultando el crepúsculo primaveral.

El techo, en forma de bóveda, era artesonado. Encima de la puerta del saloncito y de la que, algo más pequeña, daba al ingenioso cuarto de aseo, flotaban querubines de escayola enredados en guirnaldas de flores.

Este mausoleo, lleno a rebosar de las oraciones de la ministra, de sus decepciones, sus lágrimas, su lujuria reprimida y sus secretos arrebatos de ira, olía a coliflor hervida y a algo más que posiblemente podría identificarse con ratas largo tiempo momificadas. Al mismo tiempo se percibía el débil aroma del pesado perfume de rosas y almizcle de la ministra.

Anna se detiene en el umbral y vuelve a reírse: ¡No, no, esto no es posible, Tomas! ¿Qué me dices ahora? Da una palmada, pone el brazo en la cintura de Tomas y lo empuja hacia dentro. ¡Tenemos que encender la luz!

Anna encuentra el cordón de arrastre de las cortinas y la habitación se inunda de la suave luz de la noche… la luz de la noche de mayo. La habitación se amplía y flota en sombras oscuras y objetos súbitamente iluminados: un reloj de pie con manecillas doradas, dos columnas de estilo jónico pintadas de flores trepadoras, una pequeña estatua de mármol de una joven desnuda, agachada y con la cara vuelta hacia arriba, un apartado escritorio ricamente ornamentado, un biombo japonés, delgado y transparente, un armario con vitrinas lleno de libros encuadernados.

Ahora los amantes van a dormir juntos en este escenario. Dos amantes cuya experiencia del cuerpo del otro se limita a tímidos encuentros en la cama de un mugriento cuarto de estudiante. Aún no se han visto desnudos el uno al otro más que a través del obsceno atrevimiento de los trajes de baño al sol y al viento. Se han abrazado con ansia, se han besado los labios hasta hacerlos sangrar, se han palpado por dentro, hacia sus rincones más íntimos, breves instantes, casi en el límite de la resignación. Todo ha sido ciego, terminado con torpeza, sumario. Su timidez los vuelve apocados, puesto que sus cuerpos nunca han aprendido un idioma común.

Por eso conviene seguir la inspiración de Anna: Ahora nos desnudamos por separado. Yo me desnudo ahí dentro, en el cuarto de aseo, y tú te desnudas fuera, en el saloncito. Pero no enciendas la luz, la ventana da a la carretera y alguien puede pasar y preguntarse a qué se dedica la señora ministra a estas alturas de la vida. Sí, eso haremos, asiente Tomas aliviado por que Anna haya tomado la iniciativa.

Anna se desnuda a la luz amarillenta de una lámpara en forma de combalaria. Está colgada muy alta y muy lejos, en el techo del aseo de la señora Borkman. El estrecho espejo de la puerta la muestra de cuerpo entero, acaba de deshacerse el moño, la espesa cabellera se desparrama sobre los hombros y la espalda hasta la cintura, la ropa interior, blanca y con encajes, brilla en la luz opaca: los calzones hasta la rodilla, con sus entredoses en los muslos y anchos elásticos en la cintura, el severo corpiño, ajustado al cuerpo, que desabrocha botón a botón después de soltar las ligas, sujetas con botones sencillos en las largas medias de seda oscuras. La camisa está adornada con anchos encajes, se entalla un poco en la cintura y termina en un ribete bordado a mitad del muslo. Ya está desnuda, a falta de las joyas, las alianzas, la cadena de oro con la medalla y los pequeños pendientes de brillantes. Ya está desnuda, el cuerpo juvenil y bien formado queda nítidamente dibujado en el reflejo de la lámpara del techo en el espejo. Los esbeltos brazos, las muñecas, los redondos muslos blancos y el vientre, con las huellas de tres partos. La inspección es objetiva pero emocional, no hay que perder pie en la realidad: El camisón, dice con claridad, y se pone una camisa de franela sin ningún adorno. Una elección pensada, una elección acertada. Pudor y limpieza natural por encima de un alma turbulenta. No pensar, orinar, quizá. Sí, tiene muchas ganas. El orinal de la señora ministra está en una pequeña tarima junto a la pared del cuarto de aseo. A los lados hay barandillas de cobre reluciente.

Tomas se ha desnudado y está sentado en el borde de una de las sillas tapizadas de seda de la antecámara. Su cuerpo es el de un muchacho, hombros anchos, brazos musculosos, la caja torácica alta, el vientre plano, desprovisto de vello salvo por el sexo, que está rodeado de una mata de pelo rala y rojiza, culo pequeño y piernas largas. Los pies son pequeños, con dedos bien formados. La cadera derecha es un poco más huesuda que la izquierda... Una temprana parálisis infantil. Se ha peinado con la raya bien hecha y ha encendido la pipa para calmarse, pero no se calma. El problema es que la camisa de dormir está en el maletín y el maletín está encima de una silla, en el dormitorio. Él no puede entrar en el dormitorio desnudo, tampoco con calzoncillos largos, con o sin camisa. Si Anna lo viera con semejantes ropas, seguro que se disiparía el resto de magia producida por el vino blanco y todo se convertiría en algo trivial. Tampoco puede ir corriendo y meterse en la cama en dos saltos para ocultar su desnudez entre los edredones.

No se ajustaría a las instrucciones de Anna. Considera también la posibilidad de volver a vestirse, entrar a por la camisa de dormir, excusarse ante Anna, salir, desnudarse y ponerse la camisa. Una acción así también destruiría la frágil atmósfera.

Anna se ha sentado en la mullida cama. Se cepilla el largo cabello como sin darse cuenta y llama a Tomas en voz baja. Él abre la puerta al punto y entra descalzo pero vestido con su largo abrigo bien abrochado.

Anna y Tomas están trastornados y desvalidos. Tanto respecto a sí mismos como respecto al exterior, la mayestática cama, la habitación recargada, las fatigosas descargas emocionales del viaje, la desnudez, los sentimientos de culpa reprimidos con violencia. Todo esto debe ser superado por los gestos y las palabras del amor. Se han embarcado en un viaje lleno de riesgos. Misteriosas fuerzas se han puesto en movimiento. Y en este preciso instante se encuentran en el punto de destino: ella sentada en la alta cama, vestida con su sencillo camisón, con el cepillo del pelo en la mano derecha, y él de pie junto a la puerta, descalzo, envuelto en su raído gabán.

La habitación está iluminada por tres fuentes de luz: el inextinguible crepúsculo primaveral tras el fino visillo de la ventana, la mortecina lámpara del techo y la vacilante luz de la vela de la mesilla de noche, a la izquierda de la cama. Acaso ella domina el estremecimiento de su voz cuando le dice que se quite el abrigo y que se metan ya en la cama y se abracen. Él obedece y apaga la lámpara del techo, ella sopla la vela de la mesilla y se acuestan bajo el edredón. Están abrazados, seguro que no es lo más cómodo, y él le acaricia el pelo. Seguramente tengan dificultades para respirar y la distancia entre ellos sea un abismo. Pero la luz nocturna permanece inmóvil tras el visillo de encaje de la ventana. Así que, si no cierran los ojos de espanto, pueden verse con claridad, y Tomas le pide a Anna que lo mire... Tenemos que mirarnos, Anna. Ella ha encajado la cara en el hombro de él, ahora intenta mirarlo, es difícil...

Se duermen por la extenuación de las almas y por la frustración atormentada de los cuerpos.

Empieza a llover de nuevo, una lluvia sedante, apacible. Se duermen sin salvar la distancia que los separa. Hay buenas razones para sentir compasión. Los papeles que se han adjudicado a sí mismos y el uno al otro son irrepresentables. Su único bagaje es el gélido comentario de la conciencia, la presencia de la sensación de pecado, la culpa respecto a personas queridas y próximas. Y lo más terrible, acaso: respecto al Dios humillado. No tienen nada con lo que oponerse a todo esto... Están indefensos.

Duermen pues unas horas y llueve. Va oscureciendo tras la ventana y, por lo tanto, en la habitación. Él se despierta y la busca y ella finge seguir durmiendo, abrazada a él. Entreabre los labios para recibir un beso, pero no hay besos, la cabeza de él cae sobre la almohada mientras respira afanosamente. Ella lo deja yacer así, no le molesta, no tienen nada que decir porque carecen de palabras… Ya se ocuparán de eso: las brillantes palabras de las novelas, pues esto necesariamente tiene que ser grandioso y único y extraordinario. Ella quizá piense que debería quitarse de encima el pesado cuerpo cálido que la hunde en el blando lecho… Debería lavarse… pero no se siente capaz de molestarlo, de despertarlo, quizá. Así pues, permanece inmóvil, respira silenciosamente y mantiene los brazos en torno a la espalda de él.

Tomas duerme como un niño, profundamente y en silencio, tiene la boca abierta y huele a sueño y a gastritis. Ella, por su parte, tiene calor y frío y ganas de orinar. Además, nota que se le escurre algo entre los muslos y el olor a semen le da asco, pero no se atreve a moverse, no ahora mismo. Obliga al instante a prolongarse, como un escudo contra el oxidado cuchillo de la decepción.

Qué se puede añadir, aparte de la lluvia del amanecer, del silencio (ni siquiera un pájaro), del olor de la habitación ajena.

—¡Tomas!

—Sí.

—Tengo que levantarme.

—Bueno.

—Muévete un poco.

Ella se sienta y se retira el pelo enmarañado con las dos manos, le arde la frente, le arden las mejillas, pero tiene frío. Tomas respira hondo.

—Creo que seguiré durmiendo.

A esto no hay nada que decir. Anna roza la cara y la espalda del durmiente. Luego se levanta y abre la puerta del frío cuarto de aseo de la ministra.

Cuando, pasablemente repuesta, vuelve a la cama, Tomas no está allí. Se mete debajo del pesado edredón, no, no se siente bien, un escalofrío le sube desde el vientre. Le castañetean los dientes, debo de tener fiebre.

Cierra los ojos, pero vuelve a abrirlos de inmediato, probablemente se ha dormido. Tomas está sentado en una silla junto a la puerta, completamente vestido. Tiene la cara blanca como un papel y lágrimas en los ojos.

—Me voy. El barco para Åndalsnes sale dentro de dos horas, a las siete. Los domingos por la mañana sale una hora más tarde. Iré dando un paseo hasta el puerto, no está muy lejos. Encontré un horario en el vestíbulo con las salidas y llegadas de los barcos. Los domingos el Otterøy sale a las siete, una hora más tarde que los días laborables. Luego puedo tomar directamente el tren. Sale a las cinco de la tarde. Es un tren lento… un tren de pasajeros que para en todas las estaciones. No estaré en Oslo antes del lunes por la mañana. Hay varios enlaces para elegir, pero puedo llegar a Estocolmo el lunes a las siete de la tarde y estar en Upsala como muy tarde a las nueve.

Anna está sentada en la cama con las rodillas encogidas, ahora arde de calor y ha apartado el edredón y se ha puesto el amplio camisón. Tiene los ojos cerrados, las mejillas le abrasan.

—No te vayas.

—Hay que ser veraz.

Ella jadea y lo mira fijamente, ¿qué quieres decir? Pues eso, dice Tomas, exactamente lo que estoy diciendo: *Yo* tengo que ser veraz. Veo con horror que no he sido veraz.

—¿De qué manera no has sido veraz? —pregunta Anna y casi no tiene voz.

—Debería haberme dado cuenta de mi insuficiencia. Debería haberte dicho que todo este viaje es un error. A lo mejor no para ti, pero sí para mí. Yo no soporto la zozobra. Soy demasiado… gris. En realidad, lo sabía desde el principio, pero tú asumiste el mando. Fui cobarde y no quería que te enfadaras, pero sabía bien que no daba la talla. Lo he sabido siempre.

Se le saltan las lágrimas, pero traga, se sorbe los mocos, impotente, y se pasa la mano por la cara.

Anna ha reflexionado intensamente, ahora va en serio, ahora es importante que no haya disonancia entre las palabras y el tono.

—No te atormentes así. O deja al menos que nos atormentemos juntos. Nos hemos metido en algo que es demasiado fuerte y demasiado peligroso, es la pura verdad. Si nos ayudamos el uno al otro, podremos reparar el daño.

Se siente llena de impaciencia, han desaparecido los escalofríos de la fiebre. Se levanta rápidamente de la cama y se coloca frente a él en la alfombra con dibujos de algas.

—Qué pies tan pequeños tienes —murmura Tomas, y sonríe con tristeza.

El 26 de mayo por la mañana temprano regresa Märta Gärdsjö a Molde con el barco que sale de Trondheim por la noche. Se dirige inmediatamente a la casa de la ministra para ocuparse de que todo esté en orden y que los dos amantes no hayan dejado huellas comprometedoras. El tiempo ha cambiado. Las nubes y la neblina húmeda han desaparecido y la mañana es soleada y tranquila, nuevos frutales florecen en el viejo jardín. Märta no se ha permitido esperar el autobús, sino que ha alquilado un coche.

Cuando entra por la puerta de la cocina todo parece estar en perfecto orden, muy limpio. Sale al espacioso vestíbulo y cuelga la capa del uniforme y se quita con cuidado la caperuza almidonada de diaconisa. Se atusa el pelo castaño oscuro, deja el pequeño maletín en una silla y se vuelve hacia el salón, que está inundado por el sol primaveral.

En el vano de la puerta está Anna con la mano en la jamba. Tiene los párpados hinchados por el llanto y el insomnio. El pelo lo lleva peinado hacia arriba de cualquier manera. Lleva puesto un abrigo y debajo de la capa se vislumbra una blusa de Shantung y una falda azul oscuro con una mancha muy visible encima de la rodilla.

Märta no puede contenerse y el tono del asombro se adelanta al miramiento y entonces dice más o menos: «¡Pero Anna! *¿Todavía* estás aquí? ¡Pensé que te habías ido ayer por la mañana!…». Se calla de repente, da unos pasos rápidos y abraza a Anna, que se deja abrazar y cierra los ojos, deja caer los brazos y las dos se derrumban en el suelo. No dicen nada, no hay lágrimas ni explicaciones. Märta tiene a la desconsolada en sus brazos, están sentadas muy juntas sobre el frío suelo de parqué, en el filoso dibujo cuadriculado de la luz del sol. Al cabo de un rato Märta pregunta —con suma prudencia— si Anna ha telefoneado a su madre para decirle que se retrasaba. Anna asiente débilmente: sí, ha llamado, llamó ya el lunes, por la mañana temprano.

Después de esta explicación, pronunciada con voz opaca, no se dice nada en un buen rato. Al fin Märta propone que Anna se acueste un poco, que seguro que necesita una taza de té. Anna contesta que tiene frío, pero se deja llevar a un sofá. Se desploma con la cabeza vuelta y el brazo sobre la cara. Märta le echa por encima una manta de viaje de la ministra. Anna no responde a la pregunta de si quiere tomar algo, se ha quedado dormida.

En las horas que siguen, Märta trabaja sin alejarse de la durmiente. Deja una taza de té de hierbas en una silla junto a la cabecera. Inspecciona de un vistazo el piso de arriba y el dormitorio. Todo está limpísimo, no hay un vestigio de movimientos ni de emociones en las amplias habitaciones en penumbra. El equipaje de Anna está listo junto a la puerta. Ha bajado el sombrero de la repisa. Evidentemente, ha estado a punto de partir, pero le han faltado las fuerzas.

A las tres de la tarde del martes, Anna se despierta y, un poco vacilante, va al cuarto de aseo. Orina largo rato. Luego se lava la cara con agua fría. Después toma el té de Märta, sentada y derecha como una niña pequeña enferma que hubiera decidido atenerse a todas las prescripciones. Märta ha ido a la biblioteca a consultar un grueso volumen que contiene dos novelas de Bjørnstjerne Bjørnson. Cuando nota que Anna se ha despertado, cierra el libro, lo deja en la estantería y entra en el salón donde se sienta en una silla junto a la ventana. La luz del sol se ha trasladado ahora a la parte suroeste de la casa, dejando la alargada habitación atestada de muebles en penumbra.

Anna toma el té. Sigue envuelta en su abrigo.

La amiga espera.

Anna deja con cuidado la taza de té en la silla, se seca los labios con el dorso de la mano. Luego se reclina sobre el mullido respaldo del sofá, se quita las zapatillas bordadas y se echa la manta por encima.

—¿Todavía tienes frío?

—No, no, está bien.

—¿Quieres tomar algo más?

—No, gracias.

—¿Cómo te encuentras?

—Bien, me parece. Bueno, me duele un poco una muela.

—Has dormido seis horas.

—¿Qué hora es?

—Casi las tres y media.

Märta consulta su pequeño reloj de oro, que guarda en el bolsillo del pecho del uniforme, sujeto con una cadenita de oro.

—Me tomé unos polvos de bromuro que encontré en la mesilla de noche de la ministra. Debió de ser ayer noche. Luego no pude dormir de todas maneras. Anduve dando vueltas casi toda la noche. De repente me dio el vómito y me cayó una mancha en la falda. Traté de limpiarla, pero no pude. Y me quedé aquí sentada.

—¿Tienes otra falda?

—Seguramente sí.

Parecen agotados todos los temas de conversación, pero Märta aguarda pacientemente. Su enferma bosteza. Cierra los ojos.

—Tomas quiso dar un paseo el domingo por la mañana. Dijo que quería estar solo un rato. Fue hasta el puerto y se informó de que un barco correo salía para Åndalsnes por la tarde. Volvió de inmediato y dijo que se iba. Le presté cien coronas y se fue. Y yo me quedé aquí.

Anna se ríe en voz baja y vuelve la cabeza, contiene el aliento.

—¿Y tú qué hiciste?

—Eso fue el domingo, y dices que hoy es martes. No sé, todo se entremezcla. Anduve dando vueltas por todas las habitaciones. En cierto modo, fue interesante.

—Te irás a casa mañana temprano.

—Perdón. Sí. ¿Irme a casa? No sé. Bueno, tal vez.

—Claro que te irás. Yo te acompaño si quieres. Y me ocupo de que tomes el tren más conveniente y esas cosas.

—Hay que ver cómo organizas y decides.

—El señor Egerman olvidó sus partituras.

—Habíamos planeado que tocara en la iglesia, por eso trajo unas cuantas partituras. Nunca llegó a tocar... Ay, cómo me duele.

—¿Te duele algo?

—Sí, la muela. Estuve en el dentista el día antes del viaje y estuvo sajando y limpiando. ¿Tienes una aspirina o algo?

—Tengo en el bolso, espera un momento, que voy a buscarlo. Me parece que lo dejé en el vestíbulo... Sí, eso es. Aquí está. Vamos a ver, sé seguro que... sí, aquí está la caja, estaba *segura.* Así, tómatela con un poco de té. Queda un poco en la taza. Eso es.

Anna toma la mano de Märta y la aprieta contra su propia mejilla. Murmura algo así como qué suerte, tengo suerte de tener una amiga que es tan buena y que no hace preguntas.

—Entonces, estamos de acuerdo en que nos vamos mañana por la mañana.

—De una cosa sí estoy segura.

—¿De qué estás segura?

—Estoy segura de haber cometido una gran injusticia con Tomas al obligarlo a hacer este viaje.

—Él podría haberse negado.

—¿Cómo iba a hacerlo? Yo estaba tan entusiasmada. No, no, no. Claro que puso reparos. Pequeños reparos silenciosos.

La risa de nuevo, baja y extraña. Se ha encogido en el mullido sofá, con su blanca cubierta veraniega, y apoya la cabeza en un cojín profusamente bordado. La peluda manta de viaje de la ministra la cubre hasta la barbilla. Märta se ha sentado en el mismo sofá y tiene la mano sobre el pie de Anna, cubierto por la manta.

—Lo peor de todo, lo peor…

—¿Sí?

—¿Sabes qué fue lo más horroroso de todo?

—No.

—Que vi la cara *de Henrik.* ¿Has pensado alguna vez en ese extraño fenómeno de que uno no recuerda las caras que ve todos los días? Yo intento acordarme de la cara de mamá… o de la tuya, o la de los niños… pero no puedo. Si sueño, *sé* que estoy soñando con alguien que tengo cerca y que veo todos los días. El sueño me dice que es así, pero la cara rara vez es la cara verdadera, sino una cara desconocida. Pero de pronto, cuando andaba por aquí… Debe de haber sido el domingo por la tarde, porque empezaba a… No, más bien fue el lunes por la noche, ¿o fue…?

No sé. Pero de pronto vi la cara de Henrik. Me hizo un daño espantoso, porque no era en absoluto el Henrik de hoy. No era esa cara prepotente o maligna o lacrimosa o la del Henrik que se queja o siente angustia. No era la máscara de la cara. No era Henrik cuando se pone exigente o desagradable o simplemente malévolo. Era otra cara, y, a pesar de que era otra cara, yo sabía que era Henrik. Pero no era en absoluto el Henrik que yo amé hace muchos años, cuando éramos jóvenes. No era su cara dulce, suplicante, alegre, insegura, amorosa, amable. No era *ese* Henrik. No, lo que yo vi fue una cara envejecida, un Henrik viejo. Tenía ochenta años o algo así. Lo vi una y otra vez, no delante de mí, no como una especie de fantasma o cosa parecida. No, lo vi detrás de mis ojos. La imagen era totalmente nítida y volvía una y otra vez y me hacía daño. Yo quería gemir y quejarme, pero no me salía. No hacía más que ver y mirar y era casi imposible de soportar. Y había tanta tristeza y vulnerabilidad y resolución en la cara de Henrik, y yo sé que *él es el niño de más edad.* Y fue a mí a quien me tocó en suerte. Y entonces se me ocurre que está escrito en mi papel que le ocasione la herida incurable. La herida infectada... la que hace más daño. La que siempre estará inflamada, la que jamás sanará. Y él se agarra a mí y yo me asusto y me pongo furiosa y, cuando amenaza en serio mi escasa libertad, lo hiero de muerte. Podría matarlo. Y el arma es Tomas.

Anna está tranquila, habla con serenidad. El ojo del huracán. El tiempo como en sueños.

—¿Y Tomas?

—Tomas me ha dejado, pero yo no lo dejo a él.

Su cabeza cae sobre el cojín bordado, se sube la manta por los hombros. Voy a la cocina a ver qué tenemos para cenar, dice Märta secamente, y sale. En la mesita del sofá está la alianza del abuelo.

Quinta confesión
(octubre de 1934)

Son las once de la mañana del domingo 14 de octubre de 1934. El lugar es Upsala, la esquina que forman las calles Övre Slottsgatan y Skolgatan. Ha llovido toda la mañana, un viento helador que baja de la meseta anuncia nieve. En este preciso instante se han despejado las nubes y un sol bajo, envuelto en tenues celajes, cae pesadamente sobre el laboratorio Gustavianum. Retumban las campanas de la catedral y de la iglesia de la Santísima Trinidad llamando a misa mayor. Las calles están desiertas.

El coche de alquiler se detiene ante el número 14 de Skolgatan. Anna desciende, abre el bolso y saca su pequeño monedero de gamuza con cierre plateado. Paga una corona y diez céntimos y deja veinticinco céntimos de propina. El chófer, un mozallón de cara rojiza y espeso bigote, inclina la cabeza en silencio, pone una marcha y desaparece en una nube de humo.

Anna se queda de pie un momento, pensativa. Tiene ahora cuarenta y cinco años, la cara no le ha cambiado apenas; han aparecido finas arrugas alrededor de los ojos, los labios se han hecho más anchos, más blandos. Tiene la nariz un poco roja, por el viento. La mirada es seria, con una expresión de inquisitiva curiosidad. En su frente se dibuja una larga raya horizontal. Por lo demás, va erguida y elegante con su cálido abrigo de invierno, sombrero negro con velo corto, guantes y botines.

Echa, por costumbre, una mirada rápida a su reloj de pulsera, aunque sabe muy bien que son las once y cinco, puesto que las campanas de las iglesias acaban de dejar de sonar. Ha llegado demasiado pronto, pero, después de un corto paseo por la calle Slottsgatan, decide entrar de todas maneras. Empuja la pesada puerta con cierta dificultad, el hueco de la escalera es amplio, con escalones de mármol alfombrados, ventanas de colores y una puerta muy decorada que da al patio. Del techo, pintado en estilo modernista, cuelgan unas lámparas grandes de cobre con globos mate. Huele a pintura y a desayuno tardío.

Anna sube con rapidez los dos pisos y llama a la puerta de la derecha de la planta, una puerta doble, de cristales, pintada de blanco. Abre una mujer alta y delgada. Tiene setenta años, vivos ojos azulgrises, frente ancha, nariz delgada y bien formada, labios finos y mejillas pálidas y algo hinchadas. Tiene el pelo ralo y peinado con austeridad en un moño sencillo. Es María.

—¡Anna, qué bien que ya estés aquí! Pasa, pasa. Cuánto me alegro de verte, siempre tan guapa. Aquí tienes una percha, espera, yo lo cuelgo. Dame un beso.

Anna ha murmurado una excusa por llegar demasiado pronto, seguro que ha correspondido cariñosamente al beso de bienvenida. Se ha sentado en una silla blanca de mimbre para quitarse los botines y los ha colocado en el zapatero que hay debajo del ropero. Se atusa el indomable pelo y saca la polvera del bolso. Después de sonarse ligeramente, se empolva la nariz con cuidado.

—En cuanto empieza el otoño, se me pone la nariz enorme y colorada, me ha pasado desde niña.

Una inspección y relativa satisfacción. Lleva un traje de lana azul marino, con botones en la falda, que le llega al tobillo, las amplias mangas terminan en puños de encaje, el cuello es redondo y está adornado también con encaje. Además, un camafeo en el hoyo de la garganta y pequeños pendientes de brillantes.

—Jacob está durmiendo un poco. El doctor Petréus vino esta mañana y le puso una inyección de morfina, así que ahora dormirá más o menos una hora.

—¿Cómo está?

—El médico dice que está cerca del final, solo es cuestión de días. Es duro a veces. Tiene dolores agudos y entonces solo le ayuda la morfina. A ratos está relativamente bien y puede incluso comer algo, pero por lo general lo único que hace es tomar un vaso de leche o un poco de caldo… o champán.

María se sonríe ligeramente y hace un pequeño gesto con su delgada mano.

—No tienes que asustarte. Esta no es una casa en la que reine la tristeza. Aquí hay sufrimiento y degradación física y un poco de impaciencia por la tardanza de la muerte, pero no estamos tristes. Ni Jacob ni yo.

—¿Está segura, María, de que el tío tiene fuerzas para verme?

—Habla de ti todos los días. De otro modo no te habría telefoneado, como comprenderás.

—Henrik manda saludos de todo corazón. No ha podido venir a causa de la misa solemne.

—Es que, ¿sabes, Anna?, esa era la intención, precisamente. Jacob me pidió que me enterara de cuándo tenía Henrik misa solemne y, entonces…

Sonríe con aire de conspiradora, alcanza una caja de plata que hay sobre la mesa redonda del salón y coge un cigarrillo, que enciende al instante.

—No te pregunto si quieres porque recuerdo que no fumas. Espero que me excuses.

Anna sacude la cabeza y sonríe cortésmente. María se recuesta en la pequeña butaca tapizada de verde.

Con un gesto característico, pone la mano derecha en la región lumbar, con la izquierda sostiene el cigarrillo delante de los labios.

—El viernes lo pasamos mal. Se le hinchó el vientre terriblemente. El doctor Petréus sacó litros de líquido. Eso le alivió. Pero, con todo, lo peor son los vómitos de bilis. Le vienen en oleadas y son tremendos… Con disnea y calambres. Nos sentimos impotentes… el médico, la enfermera y yo… No se puede hacer nada, ni morfina, ni nada. Ya tiene metástasis por todas partes, es como si el cáncer se hubiera enfurecido.

Calla y mira al techo. Luego mira a Anna y sus grandes ojos azulgrises son claros y serenos. Tiene la cara pálida a la dura luz de estratos cortantes característica del sol bajo de octubre. No, no llora.

—Hemos vivido cerca uno de otro casi cincuenta años. Yo tenía veintiuno cuando nos casamos. Si pudiéramos volver a vernos después de la muerte, si hubiera una misteriosa posibilidad de que así fuera, entonces esto sería… sería algo superficial, fácil de sobrellevar. Y la muerte sería un alivio, ya que Jacob sería liberado de su sufrimiento y yo de una penosa espera. Pero la muerte es la muerte. Nada de misterios ni de hermosos secretos. Por cierto, ¿sabes lo que es muy sorprendente? Es una idea alentadora que me asalta cuando estoy abatida. Y es que la separación habría resultado mucho más dolorosa en el caso de que nuestro matrimonio hubiera sido un fracaso. Así, hemos vivido juntos con alegría y entonces…

Fuma en silencio, aplasta la colilla en un pequeño cenicero y se levanta con rapidez, estirándose la falda sobre la huesuda cadera:

—Ha sido muy amable por tu parte escucharme. Has de saber que no suelo hablar así. Voy a entrar a ver si Jacob se ha despertado.

Se vuelve desde la puerta y habla como de pasada.

—Olvidé decir que el deán Agrell vendrá esta tarde. Jacob quiere que le dé la comunión. Estará aquí hacia la una. Vengo a por ti dentro de unos minutos.

La biblioteca es una amplia habitación cuadrada con dos ventanas a la calle Övre Slottsgatan y librerías atestadas en las paredes. En medio hay un gran escritorio abarrotado. Una puerta estrecha conduce a una habitación interior en la que se vislumbra una cama de altos cabezales. Junto a la mesa de la biblioteca hay un sillón de respaldo alto y brazos robustos. En él está sentado Jacob. Lleva puesto un pulcro traje oscuro que se abolsa en torno a su demacrada figura. El cuello blanco y duro le viene varias tallas grande, las manos descansan sobre los brazos del sillón, enormes y sin fuerzas, las muñecas están rodeadas por unos puños demasiado amplios. Pero el nudo de la corbata es impecable, lleva las altas botas relucientes y el bigote gris bien recortado. No hay nada en el anciano que haga suponer que se avecina la muerte.

Anna besa al tío Jacob en la mejilla y le abraza a él y al sillón, ambos se sienten conmovidos y torpes. Jacob pone su manaza en el pelo de ella y le dobla la cabeza sobre su hombro.

—Anna, querida, qué bien. Anna, querida. Estás como siempre. Anna, querida.

—Cuánto tiempo. Porque hace mucho tiempo, ¿verdad?

—Sí, sí. Déjame ver. Nos vimos en la iglesia de Hedvig Eleonora hace dos… No, no, tres años. Henrik predicaba… Fue el domingo del Juicio de 1931, y tú estabas allí con los niños y un muchachito alemán, ¿no es así?

—Así es, era Helmuth.

—Geográficamente, nos alejamos unos de otros, aunque la distancia no sea tanta… Geográficamente, sí, pero yo diría que no de manera importante. Al menos para los sentimientos. Pienso muchas veces en ti.

—Y yo pienso en…

Se miran de cerca, hasta el punto de que solo pueden ver una pequeña parte de los ojos y el rostro. Anna acaricia la frente del tío Jacob en un impulso súbito.

—No voy a quejarme. Estoy bien, dentro de lo malo. Pero que tarde tanto… Está demorándose demasiado. Eso me pasa por haber sido siempre impaciente y perezoso. Ahora tengo que esforzarme. Hora a hora, minuto a minuto. Y yo… Pero quiero estar levantado y vestido. Quiero estar aquí, en mi sillón, todo lo que pueda. Así respiro mejor. Aunque a veces resulta pesado, entre todos mis viejos libros. María tiene que abrir la ventana para dejar pasar el aire fresco, ¿sabes, Anna? Tengo el corazón fuerte. Marcha y marcha. Una noche empezó a desbocarse el corazón y luego se paró y entonces pensé: *¡ahora!* Pero qué va. Así que me he vuelto morfinómano. Eso es lo mejor de esta larga y triste historia. Si te parezco demasiado alegre, Anna, si hablo de esta manera, es porque me acaban de poner una inyección, y es como el paraíso, no puedo figurarme nada más misericordioso.

Primero dolor y desconsuelo, y acto seguido nada de dolor y euforia. Así que hay que dividir el tiempo en bueno y malo. María me lee en voz alta varias horas al día… Yo estoy demasiado cansado y aturdido para poder leer. Pero estamos leyendo *La joya de la reina*. A veces viene el organista de la catedral, ¿cómo se llama? Bueno, ya ves, Anna, que me he vuelto muy distraído. Ah, sí, Axel. Axel Morath. Viene y toca el piano en el salón, sobre todo a Bach, casi siempre *El clave bien temperado*. Aunque no siento ninguna necesidad de ver gente. Me resulta fatigoso y molesto. Los amigos creen que uno quiere visitas, pero uno no las quiere, así que María dice que no a todo el mundo. Solo hay una *verdadera* calamidad en medio de toda esta calamidad, y es que no puedo comer. Solo puedo tomar un poco de líquido, y eso es terrible. Cuando pienso en que he sido un glotón y un sibarita… Atracarse, no privarse de nada, comer bien y beber a gusto. A veces, cuando estoy solo (y no tengo demasiados dolores, claro está), me imagino diferentes platos de comida. Sí, me puedo figurar que es un castigo, a fin de cuentas la gula es uno de los pecados capitales. ¿Qué tal, Anna? ¿Qué tal?

La pregunta llega de improviso, pronunciada en tono serio, seguida de una mirada vivaz. Bien, ya hemos entrado en materia. Anna se queda perpleja, pillada de improviso, y enrojece.

—¿A qué se refiere, tío Jacob?

—Quiero decir lo que pregunto y nada más. *¿Qué tal?*

El tono es impaciente y no acepta evasivas. Contesta rápido, vamos. Anna duda, experimenta una corta, sombría ira y contesta que no pasa nada especial, todo transcurre más bien como de costumbre. Bastante bien, sería injusto quejarse. Sí, y los niños están bien. Mamá ha tenido una pulmonía, pero ya está mejor. Y Henrik está muy excitado con el asunto de la elección de párroco... pero eso ya lo sabe usted, tío. La decisión del Gobierno se ha venido retrasando. Engberg está en contra, pero el viejo rey parece que prefiere a Henrik, así que el nombramiento se ha pospuesto, como suele decirse. Y, claro, eso pone a prueba los nervios.

El anciano hace un gesto de impaciencia, se pasa la mano por la cara, sonríe con sarcasmo y carraspea.

—No es un comunicado lo que quiero oír. Quiero saber cómo vive Anna, cómo vive Henrik, qué pasó con todo. No hemos hablado en serio en diez años, de modo que ya va siendo hora. Leí en algún sitio que Tomas se ha casado y que le han dado un puesto en las cercanías de Upsala.

—También yo lo he oído.

—Te has quedado taciturna, Anna. ¿Es que no soy digno de saber lo que fue de todo aquello?

—Sí, lo que pasa es que no sé si hay algo de lo que hablar.

—La razón por la que le pedí a María que contactara contigo, Anna, es que no quiero irme a la tumba sin saber lo que pasó. Yo siempre te he considerado como una hija mía. Mi hija. No pasa un día sin que piense en tu vida, Anna. Me he dado cuenta de que el matrimonio no se ha hecho añicos. He pensado muchas veces que debería hablar contigo, Anna. Pero soy un tipo perezoso y poco emprendedor que de buena gana aplaza todo lo que pueda alterar su tranquilidad, así que lo fui dejando, como de costumbre, y, de pronto, hace demasiado tiempo de todo. Aunque ahora... Durante las largas horas de enfermedad me ha vuelto a la cabeza nuestra conversación una y otra vez sin darme sosiego alguno. Así que finalmente le pedí a María que te llamase. Y ahora, Anna, ahora estamos aquí *cara a cara*. Y ha llegado el momento.

El pastor ha hablado deprisa y con ansiedad, de pronto se siente cansado, vuelve la cara de modo que Anna no puede ver sus ojos. Ella pasa su ensortijada mano izquierda por el liso azul oscuro de la falda.

Como el silencio se ha prolongado, el párroco dirige la mirada a Anna y la contempla, inflexible. Quiero saber ahora.

Entonces Anna miente, en voz baja y sin especial acento. Bueno, hice lo que usted me aconsejó, tío Jacob. Cuando fui a la casa de verano la noche siguiente, surgió la oportunidad, puesto que Henrik y yo estábamos solos. Así que le conté todo exactamente como era, no le oculté nada. Ni siquiera lo más doloroso. Henrik me escuchó sin interrumpirme. Mirándome todo el tiempo, pero sin decir nada. Luego, cuando acabé de hablar, estuvimos mucho rato callados. Y luego Henrik dijo: Pobre Anna, qué mal has debido de pasarlo. Y empezamos a hablar y yo me atreví a hablar de mí misma más que nunca en los doce años que llevábamos viviendo juntos. Fue una noche muy extraña y pensé en lo que usted, tío, había dicho acerca de darle a Henrik la oportunidad de madurar. Nada de reproches, nada de amenazas, nada de resentimiento… Nada malo.

—¡Ya ves, Anna! ¡Ya ves!

—Sí, ya veo.

—¿Y después?

Anna reflexiona. La ensortijada mano alisa la falda azul oscuro.

—Hice lo que me aconsejó usted, tío Jacob. Rompí con Tomas. Fue difícil, pero después de haberle contado todo a Henrik, la existencia de secretos no podía continuar. Así que rompí con Tomas. Hubo lágrimas, naturalmente. Pero ahora todo se ha quedado en un hermoso recuerdo… y Tomas se ha casado, ya lo sabe usted. No lo veo nunca.

—¿Y el agotamiento de Henrik?

—Es que trabajó de una manera absurda. Siempre trabaja de una manera absurda… no sabe decir que no cuando la gente le pide cosas. Y ese año fue duro en muchos aspectos. Los niños estuvieron enfermos. Yo también me puse enferma. Y después vino la crisis de Henrik. Bueno, todo eso ya lo sabe usted, tío Jacob. Yo no quise influir en él, permanecí a la espera. Cuando Henrik iba a empezar a trabajar de nuevo, surgieron problemas, naturalmente. Luego ya no hay mucho que contar. Yo sufrí dos operaciones y estuve a punto de morir. Mamá me echó una mano y se encargó de llevar la casa. No debió de ser muy fácil: Henrik y Ma nunca se han llevado bien... Todo se ha ido calmando un poco con los años, pero la animosidad es una pesada carga..., eso no puedo negarlo.

—Pero ¿Anna y Henrik?

—Anna y Henrik viven en una buena camaradería. Hasta podemos reñir sin consecuencias desagradables; antes nunca pudimos. Henrik comprende que yo necesito un poco de libertad, solo un poco, así que el próximo verano me iré con otras dos señoras a Italia a ver museos.

Jacob aspira profundamente y cierra los ojos. Sonríe débilmente.

—Si he de ser sincero, estaba preocupado, pero no me atrevía a preguntar. Lo que me has contado, Anna, me tranquiliza. Digo como el viejo Simeón en el templo: «Ahora, oh, Señor, deja que tu siervo parta en paz en pos de tu palabra».

Atrae a Anna hacia sí y la besa torpemente junto a la oreja con los labios muy apretados. Un seco sollozo lo sacude.

—Perdóname, me temo que huelo un poco mal. Me enternece mucho lo valiente que eres, Anna. ¿Te acuerdas de cuando estábamos en Dombron, el puente de la catedral, contando los siete puentes de Upsala?

—Sí.

Anna es presa de una violenta emoción, se retira con suavidad y se acerca a la ventana, se seca los ojos con el envés de la mano y se sorbe los mocos, no llorar ahora, no llorar.

María entra silenciosamente en la habitación y se acerca a su marido. Hablan en voz baja. Sí, eso hacemos, dice Jacob con voz clara.

—Anna, ¿te importaría esperar ahí fuera unos minutos? Enseguida acabamos —dice María.

Anna dice: ¡No faltaba más!, y se aleja sin hacer ruido, cierra la puerta y se encuentra de repente frente al deán Agrell revestido de sacerdote. Es unos años mayor que Jacob, pero su cara lisa y sonrosada irradia salud, el fino pelo blanco es abundante y lo lleva peinado hacia atrás, retirado de la abultada frente. Los ojos son de un azul helado y miran con curiosidad.

—Soy uno de los amigos más antiguos de Jacob. Me ha pedido que le dé la comunión justamente ahora, justamente hoy, que es el aniversario de nuestra ordenación sacerdotal hace cincuenta y dos años.

María entreabre la puerta y dice que ahora ya puede pasar. La abre del todo y hace pasar al deán. Ella sale y cierra la puerta y se queda de pie algo indecisa.

—Jacob quería estar a solas con él unos minutos.

Un breve gesto y una mirada de disculpa: ¿Te quedas, Anna?

—Sí.

—Creo que Jacob se alegrará de que tú…

—¿Sí?

—Recuerdo aquella tarde, hace mucho tiempo, debió de ser el año 1907, cuando entró Jacob y se sentó en el borde de mi cama y dijo: Figúrate, María, Anna Åkerblom dice que no quiere recibir la comunión. Y no pudo dormir en toda la noche. Estaba asombrado, enfadado y realmente triste. Luego, Anna, fuiste a comulgar de todas formas.

—Sí, fui a comulgar, sí.

—¿Y la razón? Tengo curiosidad.

—La razón fue muy simple. Cuando le dije a mamá que no pensaba hacer la comunión se enfadó muchísimo y dijo que debería darme vergüenza, que era una egoísta y una caprichosa y que eso iba a ser una afrenta para la familia y que no estaba dispuesta a tolerar semejantes tonterías. Antes de salir dando un portazo, se volvió y dijo que pensaba suspender nuestro viaje a Grecia, pero que yo era libre de hacer lo que quisiera y que, como de costumbre, me dejara llevar por mi conciencia y que nadie me obligaría. Así que fui a comulgar.

Ambas mujeres sonríen al recordar a la madre de Anna, la enérgica aunque ya bastante frágil anciana en su mansión de la calle Trädgårdsgatan.

—Tienes que darle recuerdos a Karin de mi parte. Por desgracia, no nos vemos desde hace mucho, con la enfermedad y las preocupaciones de los últimos tiempos…

—Se los daré, María.

Se entreabre la puerta. María tiende su mano larga y delgada a Anna y entran así en la habitación del enfermo.

La mesa baja y cuadrada que está junto a la butaca de Jacob ha sido despejada. En ella hay dos velas encendidas en altos candelabros de estaño. Sobre un paño bordado está el dorado cáliz con el vino. Delante del cáliz, la patena igualmente dorada con las obleas. El deán Agrell se inclina sobre el enfermo. Hablan en un murmullo. El sol bajo y deslumbrante de octubre entra en el cuarto y crea dibujos caprichosos en los tesoros de las estanterías. El reloj de la sala acaba de dar la una. Se oyen las campanadas de la iglesia de la Santísima Trinidad.

El deán hace un gesto a las mujeres invitándolas a acercarse... Se han quedado junto a la puerta. María se vuelve a Anna y le tiende de nuevo la mano y tira de ella. Anna se deja llevar. El deán se ha puesto delante de Jacob, que ha cerrado los ojos. Sus dos manazas descansan en los anchos brazos del sillón. Está mortalmente pálido a la intensa luz, parece ausente pero libre de dolor físico por el momento. Se sienta derecho, digno y sereno. María le alisa el pelo y sacude con la mano unas motas de polvo del hombro de la chaqueta. Se inclina con rapidez y susurra unas palabras a la enorme oreja. Él sonríe casi imperceptiblemente y, todavía con los ojos cerrados, murmura algo en respuesta.

Agrell coge el libro de oraciones del improvisado altar, se queda unos instantes pensativo y luego lee las palabras de la consagración en voz muy baja. Se dirige al enfermo, rodeándolo con la voz y el pensamiento. María mira sus manos cruzadas, está serena, como ante una misión impuesta que se acerca a su cumplimiento. Anna ha vuelto la cara hacia la dura luz, se deja cegar, lágrimas, lágrimas contenidas que se quedan en la garganta y gotean por la nariz, tratar de respirar con calma, esto no puede formularse, esto está más allá de los sentimientos formulados. Ahí están Jacob y María, su esposa, en este instante. En este preciso instante. Si aparta la mirada de la deslumbrante luz que hay entre la esquina de la casa y el robusto árbol. No puede. Pero lo sabe.

Agrell lee de pie, son las palabras de la consagración de la comunión.

—Aquella noche en la que fue traicionado, Jesús, Nuestro Señor, tomó el pan y, dando gracias a Dios, lo partió y se lo dio a sus discípulos diciendo: «¡Tomad y comed!, porque este es mi cuerpo que será entregado por vosotros. ¡Haced esto en conmemoración mía!».

»Y de la misma manera cogió el cáliz y, dando gracias a Dios, se lo dio a los discípulos diciendo: «¡Tomad y bebed todos de él! Este es el cáliz de la nueva alianza, con mi sangre, que será vertida por vosotros y por el perdón de los pecados. Hacedlo siempre en conmemoración mía».

»Padre nuestro que estás en los cielos, santificado sea tu nombre, venga a nosotros tu reino, hágase tu voluntad así en la tierra como en el cielo.

»El pan nuestro de cada día dánosle hoy. Y perdónanos nuestras deudas, así como nosotros perdonamos a nuestros deudores.

»Y no nos dejes caer en la tentación, mas líbranos del mal.

»Porque tuyo es el reino, tuyo el poder y la gloria por siempre, Señor. Amén.

Anna y María se han arrodillado y acompañan la oración. Jacob ha cruzado las manos con esfuerzo, sus ojos siguen cerrados. Tiene el rostro sereno, debajo de los ojos le han salido de repente unas manchas oscuras. Mueve los labios, pero no se oye ninguna palabra.

El deán eleva la patena con las hostias y da un paso hacia el enfermo, se inclina sobre él. Jacob abre los labios.

—El cuerpo de Cristo entregado por ti. —El deán pone la mano en la cabeza de Jacob. Luego se vuelve hacia María y le da la hostia. Ella la toma con la cara levantada.

—El cuerpo de Cristo entregado por ti. —Él pone su mano sobre el ralo cabello gris atravesado por la intensa luz. Finalmente, da un paso hacia Anna, que mueve la cabeza... No, no. El deán Agrell no se fija o no quiere aceptar el rechazo de Anna.

—El cuerpo de Cristo entregado por ti. —La hostia. La bendición de la mano. Él no la mira. Nadie la contempla excepto ella misma. Abrumada, quiere hundirse en el suelo, pero se comporta.

Ahora el deán ha tomado el cáliz y lo acerca con cuidado a los labios del enfermo.

—La sangre de Cristo derramada por ti.

Luego se vuelve a María, que recibe la gracia con la cara vuelta hacia el cáliz.

—La sangre de Cristo derramada por ti.

Finalmente, Anna. Finalmente, Anna.

—La sangre de Cristo derramada por ti.

Agrell da un paso atrás y dice a los reunidos:

—¡Jesucristo Nuestro Señor, cuyo cuerpo y sangre hemos recibido, guarde vuestra alma para la vida eterna! Amén.

Jacob abre los ojos y mira a su compañero de oficio con un asomo de sonrisa: No te olvides del salmo.

—Ahora mismo.

Jacob vuelve a cerrar los ojos y el deán lee:

—Por fin, Dios mío, te ruego: Toma mi mano en la tuya. Para que me guíes siempre. Y me lleves a tu reino. Donde se acaban todos los sufrimientos. Y cuando se acaba la esperanza. Y yo te entrego mi espíritu. Acéptalo…

Jacob sufre una fuerte convulsión y cae hacia delante, intenta taparse la boca con las manos, pero por entre los labios se escapa un líquido amarillo entreverado de sangre que se escurre por la barbilla. En un espasmo aún más fuerte se le abre la boca y vomita sangre y flemas con un eructo sordo. Trata de levantarse de la butaca, pero cae hacia atrás, le cuesta respirar. Anna le sujeta el brazo y se lo echa al hombro, su esposa le agarra el otro brazo, pero más líquido gris, denso, brota de la garganta y cae sobre el traje oscuro.

El ataque va remitiendo, no ha durado más que unos minutos. Agrell le limpia a Jacob la boca y la nariz con su gran pañuelo. María dice, apresuradamente: Creo que Ellen, la enfermera, aún no se ha ido. ¿Quieres ir a buscarla, Anna? Debe de estar en algún sitio del piso.

Anna atraviesa la sala corriendo, sale al vestíbulo, la puerta de la antecocina está abierta. Ve a la enfermera sentada en la cocina, tomando una taza de café con el periódico *Upsala Nya Tidning* delante. Venga enseguida, por favor. El pastor se ha puesto muy mal. La enfermera corre, Anna se queda de pie en el vestíbulo. Oye voces y pasos rápidos. Corre el agua en el cuarto de baño, se oyen las cañerías, se cierra una puerta.

Epílogo-prólogo (mayo de 1907)

—El comulgante se encuentra, pues, ante Dios mismo, ante el rostro de Dios. A quien se refugia en Él, lo recibe. Su anhelo es ver en el comulgatorio justo a quien necesita perdón y quiere vivir como hijo suyo. Mis queridos amigos, vamos a leer juntos la bendición: que el Señor nos bendiga y nos proteja; que el rostro del Señor resplandezca sobre nosotros y tenga misericordia de nosotros; que el Señor vuelva su rostro hacia nosotros y nos dé paz. En el nombre del Padre, del Hijo y del Espíritu Santo. Amén.

Esto se dice una tarde de mayo en una de las capillas laterales de la catedral donde Jacob ha reunido a sus catecúmenos el día antes de su primera comunión. Dieciséis jóvenes, de los cuales cuatro son chicos. El año es 1907 y una de las jóvenes es Anna Åkerblom, diecisiete años.

En la fotografía que existe está sentada a la derecha del párroco de la catedral con su precioso traje de comunión. Tiene la cabeza un poco inclinada hacia delante y me contempla inquisitiva.

Esta tarde, sin embargo, va vestida de diario, con una blusa de cuadros con amplias mangas hasta el codo y un cuello grande de encaje sujeto con un broche de plata. La falda es de lana fina, azul marino y tableada. En el dedo anular de la mano derecha lleva una sortija con un pequeño camafeo. Es posible que esta joven dama no sea una belleza, pero se hace notar sin ruido.

Jacob tiene cuarenta y seis años, es un hombre de gran estatura, fuerte, pesado, con manos grandes, va embutido en una sotana de corte impecable y de evidente pulcritud. Tiene el pelo rubio oscuro, con raya al lado, los ojos grandes y algo saltones, la frente ancha, las cejas espesas y rectas. La mirada es intensamente azul y la nariz campea, grande y dominante, en el compacto rostro. La boca amplia queda en parte escondida por un bigote denso y algo crecido, la barbilla es ancha y bien formada. Lo recuerdo con una voz grave y un ligero acento.

Ahora —esto es, en 1907— Jacob trabaja desde hace varios años en la diócesis arzobispal y se espera que dé el paso para ser obispo en un futuro no muy lejano. Debo añadir que es, desde hace años, un invitado muy apreciado en la casa de los Åkerblom en la calle Trädgårdsgatan.

—A las diez y media nos reuniremos en la sala parroquial. Cuando el reloj dé las once menos cuarto entraremos en procesión en la iglesia. Yo me detendré junto al banco que tenéis reservado y me ocuparé de que os pongáis en vuestros sitios. Todos tendréis vuestro libro de salmos. No cojáis flores ni regalos antes de la misa.

Así que ahora nos damos las gracias mutuamente por esta tarde y nos veremos mañana para celebrar nuestra solemnidad. Buenas tardes y buenas noches, hijos míos.

El pastor inclina la cabeza un momento y entrecierra los ojos, mira así a sus alumnos con una sonrisa ausente: Ya podéis iros. Los chicos y las chicas obedecen inmediatamente, callados y serios al principio; al cabo de unos minutos, gritando y alborotando.

El portero, el señor Stille, se materializa en la capilla lateral junto al altar, coloca las sillas en fila y recoge un libro de salmos del suelo. Jacob se queda unos instantes mirando, pensativo, a sus catecúmenos.

—Es horrible la bulla que arman —observa el señor Stille—. Alguien ha olvidado su libro de salmos, se le ha caído al suelo, incluso. Ja, ja, ja, ja. Pone el nombre, pero yo soy incapaz de leer esta letra. ¿Algo así como Samselius?

—Si el señor Stille tiene que pasar por la sala parroquial, haga el favor, de paso, de poner el libro de salmos en la mesa junto a la ventana.

—Así lo haré, pastor.

—Entonces, voy a por mi abrigo. Buenas noches, señor Stille.

—Buenas noches, pastor.

Jacob entra rápidamente en la sacristía, que es una habitación grande e irregular. Los altos arcos de la bóveda desaparecen por encima de las bombillas mortecinas con pantallas verdes. A lo largo de las paredes hay una serie de vitrinas que contienen las ropas y los requisitos del ritual eclesiástico. En mitad de la habitación hay una mesa de roble claro custodiada por seis sillas con respaldos altos y ornamentados, tapizadas de cuero negro muy gastado. Junto a la puerta, un armario estrecho y alto como un hombre. La oscura habitación es fría y huele a cal, humedad y huesos de muerto.

La sacristía tiene tres puertas: la abovedada, que lleva al altar, la estrecha y alta, con la escalera para el pulpito, y la doble puerta baja y ancha, que da a la entrada norte de la iglesia.

Anna está junto a la doble puerta. Ha cogido su abrigo de primavera de color claro y se ha puesto el sombrero con el largo alfiler, un modelo muy de señora mayor. Tiene el libro de salmos en sus manos enguantadas. El pastor, que acaba de ponerse el abrigo y ha tomado el sombrero, la descubre y detiene sus pasos.

—Desearía hablar con usted, tío Jacob. Si fuera posible. Si tiene un momento, quiero decir. No es necesario que sea muy largo.

—Sería mejor que esperásemos a tener esa conversación la semana que viene. El miércoles dispongo de todo el tiempo del mundo.

—Es demasiado tarde.

—¿Demasiado tarde? ¿Qué quieres decir, Anna?

—¿Podríamos sentarnos? Solo unos minutos.

—Claro, naturalmente. Solo voy a decirle al señor Stille que espere unos minutos antes de apagar y cerrar.

Jacob desaparece en la iglesia y se lo oye hablar con el portero: No, no, claro, no hay ningún problema, tengo cosas que hacer. El pastor no tiene más que avisarme, estoy por aquí.

Jacob vuelve, deja el sombrero sobre la mesa y se sienta en una de las sillas de respaldo alto. Anna está sentada en el otro extremo de la mesa, la distancia es grande. El ala del sombrero vela los ojos y la cara, la hace anónima. Levanta los brazos, saca el brillante alfiler y se quita el sombrero con una sonrisa de disculpa.

—Es un sombrero nuevo. Me pareció muy elegante.

—Bueno, dentro de poco tendrás edad para llevarlo. Seguro que te quedará bien.

El pastor va a preguntar qué quiere Anna, pero se detiene y espera. Es evidente que la muchacha tiene en la cabeza algo que le cuesta decir.

—Papá me pidió que le dijera que nos gustaría que viniera a cenar el domingo próximo. Como tía María está en el balneario, papá pensó que el tío Jacob podría sentirse un poco solo.

—Muy amable, pero no sé si podré.

—El cuarteto Aulin toca en el auditorio de la universidad el domingo a las tres, luego vendrán a cenar. Papá dice que son personas muy agradables y que usted conoce al menos a Tor Aulin y a Rudolf Claesson. Y luego tocaríamos algo de música, por la noche.

—Pues, sí, sí, es muy tentador.

—Mamá lo telefoneará. En realidad, no era nada…

—Ya me doy cuenta.

Espera. Anna se toquetea una uña rota y trata de decir algo. Jacob se mantiene a la expectativa, le da tiempo.

—Se trata de un problema.

—Ya me lo imaginaba.

—Y tengo miedo de que se lo tome a mal, tío Jacob.

—No creo que puedas decir nada que me siente mal, Anna.

Espera. Anna sonríe, disculpándose, y se le llenan los ojos de lágrimas.

—Pues, es esto.

—Vamos, Anna. ¡Suéltalo ya!

El pastor no puede saber qué cosa es «esto», pero no quiere hacer preguntas capciosas ni tratar de sonsacárselo.

—Bueno, se lo diré. No quiero ir a comulgar.

Saca un pañuelo de su bolso y se suena.

—Si no quieres ir a comulgar, debes de tener buenas razones.

—Trato de imaginarme a mí misma arrodillándome en el comulgatorio y luego la oblea y el vino... No. Sería un engaño.

—Engaño es una palabra muy fuerte.

—Mentira, entonces, si suena mejor. Si yo participara en ese... ritual, tendría que fingir... No puedo.

—Vamos a dar un pequeño paseo. Vamos a subir al parque de Odinslund a contemplar la primavera.

Anna asiente y sonríe, cohibida. Jacob sostiene la puerta y ambos pasan al interior de la iglesia. La luz del ocaso entra por las altas ventanas y crea una misteriosa infinidad en lo alto de las bóvedas y en el coro. El portero, Stille, les da las buenas noches y cierra la puerta de la iglesia.

Paseando despacio, cruzan la calle Biskopsgatan.

—Nos paramos aquí. ¿Tienes frío, Anna? ¿No? Sentémonos aquí en este banco. No sé si sabes, Anna, que la iglesia de la Santísima Trinidad se llamaba originalmente iglesia Campesina, por la parroquia que se llamaba así, parroquia de la iglesia Campesina. Existía ya a finales del siglo XII. Aquí estamos bien. Podemos hablar de las cuestiones eternas al amparo de la eternidad.

—¿Es usted creyente, tío Jacob?

—Creo que puedo contestar que sí a esa pregunta. Puedo también decir la razón... una circunstancia real que no podría refutar ni siquiera el más escéptico de los escépticos. ¿Quieres oírla?

—Sí.

—Bien. Cuando Cristo fue ejecutado por medio de la crucifixión, fue apartado del mundo, dejó de existir. Es verdad que en las Escrituras se habla del sepulcro vacío, del ángel que habló con las dos mujeres. También se dijo que María Magdalena se había encontrado con Cristo y había hablado con él, y que el Maestro visitó a sus discípulos y dejó que Tomás le tocara las heridas. Todo esto son cosas que dicen los Evangelios. Son relatos para el consuelo y la alegría, pero no tienen nada que ver con el milagro decisivo.

—¿El milagro?

—Sí, Anna. El milagro, lo inconcebible. Piensa en los discípulos que huyeron en todas direcciones como conejos asustados. Pedro había negado, Judas había traicionado. Todo había terminado, desaparecido. Unas semanas después de la catástrofe se encuentran en un lugar secreto. Tienen miedo y están destrozados. El fracaso es una dolorosa realidad. Todos los sueños de crear un nuevo reino junto al Mesías se han hecho añicos. Están humillados y avergonzados, les cuesta mirarse a los ojos. Hablan de huir, de emigrar, de retractarse en las sinagogas y con los sacerdotes. Y es justamente en ese momento cuando ocurre el milagro..., tan inconcebible como grandioso.

Jacob hace una pequeña pausa, una pequeña pausa efectista para probar tal vez el interés de su oyente. No hay un alma en los alrededores. De los largos arriates de flores y el lozano follaje de los olmos se desprenden aromas densos. El pequeño tranvía sube trabajosamente la cuesta, pasa por delante del laboratorio Gustavianum, chirría en las curvas y se desliza por la calle Biskopsgatan, para desaparecer sin hacer ruido por la calle Trädgårdsgatan. Las ventanas del tranvía brillan débilmente, parece una linterna azul en movimiento.

—¿El milagro?

—Sí, el milagro. El más auténtico, el más sencillo pero también el más grandioso de todos los milagros de los Evangelios. Imagínate a los discípulos sentados en la habitación en penumbra. Tal vez hayan tomado juntos una sencilla cena que a lo mejor les ha recordado su última cena con el Maestro. Pero ahora están desalentados, angustiados y, como he dicho, literalmente aterrados. Entonces se levanta Pedro, el que negó… y está suplicante delante de sus compañeros. Ellos lo contemplan con asombro: ¿es que piensa decir algo? No se lo conoce, en verdad, como un buen orador y después de la catástrofe ha estado más callado que nunca. Y, sin embargo, ahí está ahora, dispuesto a decir algo, y empieza a hablar, tartamudeando y titubeando, pero enseguida con un entusiasmo creciente. Dice que el tiempo de la cobardía y de la vergüenza tiene que terminar, ¿no han asistido él y sus amigos durante nueve meses a lo más extraordinario que le haya pasado a nadie desde el principio de los tiempos? Han oído la nueva del amor invencible. El Maestro los ha mirado y ellos han vuelto la cara hacia él. Lo han escuchado y han comprendido. Entendieron que eran los elegidos. Durante nueve meses han vivido con un conocimiento nuevo y una solicitud increíble. ¿Y qué hacen ellos?, pregunta Pedro, mirando a su alrededor con ira. Pues lo que hacen es corresponder al don del Maestro escondiéndose en sus agujeros como ratas apestadas. Pasan las horas, los días y las semanas, dice Pedro. Y nosotros pasamos el tiempo (el precioso tiempo) en mantener nuestras miserables vidas sin ningún provecho. Y ahora me pregunto, dice Pedro, ahora me pregunto si no es hora ya de hacer todo lo contrario. Porque no hay nada que pueda ser más lamentable que nuestra vida actual o nuestra falta de vida. ¿Por qué acurrucarnos en la oscuridad y la cobardía cuando podemos salir a la luz y decirle a todo el mundo —a todas las personas que podamos antes de ser arrestados, torturados y asesinados—, decirles que el amor existe como una realidad ignorada en nuestra vida? No tenemos otra elección, a no ser que elijamos morir ahogados en nuestras guaridas. Pensad en esto: No hace mucho tiempo que el Maestro pasó por casualidad cerca de nosotros y *nos miró y nos llamó por nuestro nombre* y nos dijo que lo siguiéramos. Él nos eligió, uno a uno y a todos juntos, porque sabía o creía saber que nosotros íbamos a seguir anunciando la buena nueva.

»Pedro miró a sus amigos uno por uno y los llamó por su nombre. Eran once, Judas se había ahorcado. Tal vez fuera el más entregado, y se vengó porque se creyó traicionado. ¿Recordáis lo que nos dijo el Maestro cuando nos llamó?: Seguidme y os haré pescadores de hombres. Cuando Pedro terminó de hablar, todos los que estaban en aquella habitación oscura sintieron un gran alivio. Encendieron lámparas, escanciaron vino y decidieron a qué lugar se encaminaría cada uno para dar comienzo a su misión. A la mañana siguiente, temprano, se fueron todos a su destino. Y he aquí *el milagro:* en el término de dos años el cristianismo se había extendido por todos los países en torno al Mediterráneo y hasta el norte de Francia. Millones y millones de personas eran cristianas y se disponían a sufrir la tortura y la persecución.

—Sí.

—Así es. Eso es el milagro. Y *ahí* me detengo. Las infamias que ocurren en nombre del amor son obra del hombre, una prueba aplastante de nuestra libertad de cometer todos los delitos imaginables.

—Sí.

—¿Entiendes?

—Entiendo.

—La eucaristía es una confirmación y tiene por objeto recordarte tu pertenencia al milagro.

—Voy a empezar a estudiar en la escuela de enfermeras en otoño.

—Ah, ¿ya está decidido?

—Sí, está decidido. Mamá quiere que aprenda un oficio de verdad, que pueda valerme por mí misma y no necesite depender de nadie, dice ella. Aunque no le pareció que eso de ser enfermera fuera nada del otro mundo.

—Pero ahora ya está decidido.

—Cuando alguna vez decido algo, las cosas son como yo quiero que sean. ¿En qué piensa, tío Jacob?

—¡Que en qué pienso! Pues en que no hace falta que uno diga «te amo». Basta con que uno actúe con amor.

—Es justamente así como yo he imaginado mi vida. Cuando haya terminado mis estudios de enfermera me gustaría ingresar en las misiones e irme a Asia. He hablado ya con Rosa André y me ha apuntado, pero me ha dicho que tengo la posibilidad de cambiar de idea, puesto que todavía soy menor de edad.

—Pero esto no lo sabe tu madre.

—No, no lo he hablado con mamá.

En el mes de mayo el Fyris es un río, una torrentera que ruge y embiste contra los muros de los muelles. El agua es de un marrón negruzco y con espuma, el tono es sordo, amenazador a veces. Bajo el puente Järnbron la corriente forma remolinos, impaciente, corre y se precipita, tiene un olor acre y exhala un frío helado.

Están un poco separados, con las manos apoyadas en la barandilla del puente, mirando la siempre cambiante corriente de agua. Todavía no es de noche, pero los encargados de encender los faroles han empezado su ronda. Anna se ha quitado el elegante sombrero y lo tiene en la mano. De pronto lo suelta en la impetuosa corriente con el alfiler, las flores y los lazos de seda. Se apodera de él un remolino, da vueltas y vueltas y se aleja por debajo del puente.

—¿Se te ha caído el sombrero, Anna?

—No, se escapó.

Va corriendo hasta la barandilla de enfrente y sigue riéndose de su tocado, que se aleja cómicamente. Jacob se acerca, mira a su alumna con asombro y aprecio.

—Anna, ¿has dejado que se te cayera el sombrero?

—Pues claro. Es que no le gustaba al tío Jacob.

Se vuelve hacia él, le echa los brazos al cuello y hunde la frente en su pecho, contra la áspera tela del abrigo de entretiempo y los duros botones. Él hace un movimiento para alejarse, pero ella se aferra… No, déjelo, se me pasa enseguida, no, no diga nada, déjeme, no es nada grave.

Están inmóviles. Jacob la abraza con cuidado, ella hunde aún más la frente contra su pecho.

—No, así está bien. No hace falta que hablemos.

—Anna, no me puedes prohibir que hable.

—Pero yo no *quiero* hablar.

—Pero *yo* quiero hablar.

—¿Qué quiere decirme, tío Jacob?

—Pues ahora mismo pensaba decir que el río Fyris tiene siete puentes: el Islandsbron, el Västgötaspången, el Nybron, el Dombron, el Järnbron, el Hagalundsbron, el Luthagenspången. Siete puentes.

—Siete, como los pecados capitales.

—¿Quieres enumerar los pecados capitales?

—Pereza, ira, gula, envidia, lujuria, avaricia, soberbia. ¿Están los siete?

—Están los siete. Bueno, Anna, vámonos. Si no, empezaremos a tener frío.

Al llegar al estribo del puente se paran a escuchar. A través del rumor del agua se oye el luminoso tañido de la campana Gunilla.

—La campana Gunilla está dando las nueve. Tu padre ya estará preguntándose dónde te has metido.

—Mamá ya estará enfadada.

Están en la esquina de las calles Drottninggatan y Trädgårdsgatan.

—Ya no te acompaño más. Aquí nos despedimos.

—Gracias. Buenas noches.

Se quedan sin embargo de pie, él retiene la mano de ella.

—Si no quieres comulgar, Anna, me llamas mañana a las ocho de la mañana. Estoy en mi despacho. Entonces me dirás si vienes o no.

—Llamaré. Lo peor es mamá y los invitados. Y mi precioso vestido de comunión. Tío Jacob se quedará sin ver mi precioso vestido.

—¡Seriedad, Anna!

—Hablo en serio. No tardaré en empezar a llorar en serio.

—Vete pues a tu habitación, cierra la puerta y llora. Cuando hayas llorado, tomas la decisión.

—¿Es así de sencillo?

—Naturalmente. Así de sencillo.

Él le acaricia la mejilla y se dirige con paso rápido hacia Slottsbacken y Carolina Rediviva. Anna también se va deprisa a casa.

Fårö, 8 de junio de 1994

Título original: *Enskilda Samtal*
Publicado originalmente en 1996 por Norstedts Förlag
Publicado en acuerdo con Hedlund Agency
y Casanovas & Lynch Literary Agency

www.fulgenciopimentel.com

ISBN: 978-84-19737-30-4
Depósito legal: LG G 00171-2024

Primera edición: julio de 2024
Editor: César Sánchez
Editores adjuntos: Joana Carro y Alberto Gª Marcos
Retoque digital: Daniel Tudelilla
Comunicación: Félix Eloy González
prensa@fulgenciopimentel.com

Los editores expresan su agradecimiento al
Swedish Arts Council, que sufragó parcialmente
la traducción de este libro.

Impreso en España, U. E.